Johannisnacht auf der Alhambra

Elke R. Richter

Johannisnacht auf der Alhambra

Märchenhafte Erzählungen

FSC
www.fsc.org
MIX
Papier aus ver-
antwortungsvollen
Quellen
Paper from
responsible sources
FSC® C105338

Bibliografische Information der Deutschen Nationalbibliothek:
Die Deutsche Nationalbibliothek verzeichnet diese Publikation in der
Deutschen Nationalbibliografie; detaillierte bibliografische Daten sind
im Internet über http://dnb.dnb.de abrufbar.

Grafik: Riccardo Zambelloni/Shutterstock.com

Herstellung und Verlag: BoD – Books on Demand,
Norderstedt
ISBN: 978-3-7526 -4623 -8

Inhaltsverzeichnis

In einer Zeit, als die Mauren schon lange aus Spanien vertrieben waren, versammelten sich die Bewohner der Alhambra zur Sommersonnenwende auf dem Sonnenhügel in der Nähe der Burg und vergnügten sich. Auf dem höchsten Punkt des Berges entzündeten sie ein Feuer und tanzten und sangen. Sanchita, die kleine Tochter des Schreiners Lopez, spielte derweil am Bach mit Kieselsteinen und vergaß die Zeit. Dabei fand sie einen taubeneigroßen schwarzen Stein, der eine geschnitzte Faust darstellte. Er gefiel ihr besonders, sodass sie ihn in ihrer Hand verbarg.

Überglücklich eilte sie zur Mutter, die ihn misstrauisch betrachtete. Ein Bekannter musterte den Fund und sagte: »Das ist ein magischer Stein, der bedeutet Glück für dein Kind.«

Frau Lopez war zufrieden, befestigte das Amulett an einer Schnur und hängte es ihrer Tochter um den Hals.

»Wir gehen bald nach Hause«, ermahnte sie Sanchita, »geh nicht zu weit weg.«

Das Mädchen lauschte eine Weile den Geschichten von der Alhambra und dass es unter der Erde noch den alten Palast vom König Baobdil geben sollte. Heimlich stahl sie sich abermals fort, um sich das Loch anzusehen, wo es angeblich spukte. Als sie sich wieder umdrehte, da waren alle, ihre Eltern und Freundinnen verschwunden. Der Vollmond stieg hinter der Burg auf und sie machte sich rasch auf den Heimweg.

Die Uhr vom Wachturm der Alhambra schlug gerade Mitternacht. Da sah sie einen Reiterzug den Berghang herabkommen und zum Haupttor ziehen. Vorn waren die Standartenträger, dahinter maurische Krieger mit Lanzen und Schilden bewaffnet. Die Pferde bäumten sich auf, ihre Hufe machten jedoch kein Geräusch. Unter ihnen ritt die Gotenprinzessin auf einem Schimmel, prächtig gekleidet, eine Krone auf den blonden Haaren. Die junge Dame hatte einen müden und traurigen Gesichtsausdruck.

Vor den Würdenträgern ritt auf einem Rappen der letzte Maurenkönig Baobdil, bekleidet mit seinem Krönungsmantel und der juwelenbesetzten Krone auf dem Kopf. Ihm folgten die Soldaten, teils auf Pferden, teils zu Fuß. Die Prozession glich einem Gespensterzug, denn die Menschen waren bleich.

Sanchita folgte dem Festzug, der durch das offene Tor verschwand. Verwundert bemerkte sie in dem großen Loch in der Erde, wo sie vorhin hineingespäht hatte, Treppenstufen. Sie führten hinunter in einen Felsengang, durch den sie in einen herrlichen Saal gelangte, dessen Boden und Wände mit Teppichen bedeckt waren.

Auf einer Ottomane saß ein alter Mann mit einem weißen Bart. Er schlief, sein Haupt mit den langen schlohweißen Haaren nickte ständig hin und her und seine Hände, die einen Stab umklammerten, zitterten. Nicht weit von ihm entfernt saß die schöne Prinzessin, gekleidet in ein kostbares Gewand. Die Locken waren mit Perlen durchflochten, auf dem Schoß hielt sie eine silberne Leier. Mit einer goldenen Kette war sie am Boden gefesselt. Die Melodien, die sie der Leier entlockte, versetzten den Alten in einen Schlummer. Als Sanchita die Halle betrat, schaute die Dame auf: »Ist heute die Johannisnacht?«

»Ja«, antwortete das Mädchen.

»Komm zu mir und berühre mit deinem schwarzen Stein meine Fesseln. Dann werde ich für eine Nacht frei sein. Diesen Talisman darfst du niemals aus der Hand geben.«

Beim Klirren der Kette erwachte der Greis, aber die Prinzessin griff in die Seiten ihrer Leier. Der alte Mann nickte wieder ein und sank auf den Diwan zurück. Die Frau legte ihm das Instrument ans Ohr, zupfte nochmals an den Saiten und sagte: »Oh Schöpfer der Harmonie, lass ihn schlummern, bis der Morgen anbricht.

Folge mir, Kind. Ich will dir die Alhambra zeigen, so wie sie einst war. Dein Talisman lässt dich all ihre Herrlichkeit erkennen.«

Sie durchquerten Höfe und Hallen, die keine Risse und Flecke aufwiesen. Die Wände waren statt mit Spinnweben mit Seidenstoffen und Damast bedeckt. In den Sälen luden Ottomanen zum Ausruhen ein. Auf niedrigen Tischen stand silbernes Geschirr, an den Decken hingen Kristallleuchter. In den

Springbrunnen plätscherte Wasser. Im Löwenhof drängten sich Höflinge und Gesandte. Die Köche bereiteten köstliche Speisen zu, Diener eilten geschäftig hin und her. Im Gerichtssaal saß Baobdil auf einem Thron, umgeben von seinem Hofstaat. Aber trotz aller Geschäftigkeit hörte das Mädchen keinen Laut.

Zuletzt kamen die Prinzessin und Sanchita zu einem Portal, das zu einem Turm führte. Neben dem Tor saßen rechts und links in Alabaster gehauene Nymphen. Die Köpfe schauten auf die Seite und ihre Blicke waren auf eine Stelle im Gewölbe gerichtet.

»Diese Statuen bewachen einen Schatz«, erklärte die Dame, »sag deinem Vater, er soll dort, wo die Blicke zusammentreffen, das Versteck suchen. Aber nur du kannst mit dem schwarzen Stein die Kostbarkeiten herausnehmen. Außerdem soll dein Vater täglich eine Messe für mich lesen lassen, damit ich bald aus der Verzauberung erlöst werde.«

Anschließend führte die Prinzessin das Mädchen in einen Garten, pflückte einen Myrtenzweig und flocht ihn in Sanchitas Haare. »Zur Erinnerung an diese Nacht und dass ich die Wahrheit gesprochen habe.«

Hinter den Bergen kündigte ein blasser rötlicher Lichtschimmer die aufgehende Sonne an und die Dame verschwand. Das Mädchen wanderte durch die Hallen und Höfe zurück zur Wohnung ihrer Eltern. Jegliche Pracht von Boabdils Hofstaat war verschwunden. Sanchita suchte ihre Kammer auf, legte den Myrtenkranz unter ihr Kopfkissen und schlief ein.

Spät am Morgen erwachte sie und lief zu ihrem Vater. Erst schimpfte er sie aus, weil sie nicht mit ihnen heimgekommen war. Als sie ihm von den nächtlichen Erlebnissen erzählte, meinte er verärgert:

»Was du nur geträumt hast. Das kann nicht sein.«

Da holte das Mädchen den Myrtenkranz, dessen Zweige aus Gold und die Blätter aus Rubinen und Diamanten waren. Der Vater erkannte, dass seine Tochter nicht geträumt hatte, und ließ sich von ihr zu den Nymphen führen. José Lopez war beeindruckt von der kunstvollen Bewachung des Verstecks und kennzeichnete den Punkt in der Mauer, wo sich die Blicklinien trafen.

Den ganzen Tag war der Schreiner beunruhigt, jemand könnte das Geheimnis entdecken. Hinterher schalt er sich, ein Tor zu sein, denn seit Hunderten von Jahren hatten die Figuren in diesem Hof gestanden.

Nachdem abends die letzten Fremden die Burg verlassen hatten und auch die Nachbarn schlafen gegangen waren, kehrte er mit seiner Tochter zu den Nymphen zurück. Dort, wo er das Zeichen hinterlassen hatte, entfernte er aus der Mauer einige Ziegel und legte eine Nische frei, in der zwei große Porzellankrüge standen. Sie ließen sich nicht bewegen, bis Sanchita sie mit ihrem Stein berührte. Wie erstaunt war José, als er die Krüge öffnete. Bis zum Rand waren sie mit maurischen Goldmünzen und Edelsteinen gefüllt.

Er schaffte den Schatz in seine Wohnung. Doch mit dem Reichtum kamen auch Sorgen und Ängste ins Haus. Wie sollte er dieses Vermögen schützen? Niemandem konnte er davon erzählen, andererseits auch nicht viel ausgeben, das hätte nur Räuber angelockt. Herr Lopez wurde wortkarg, seine Fröhlichkeit schwand dahin und seine Freunde zogen sich von ihm zurück. Seine Frau nahm ihm die Entscheidung ab, indem sie dem Pater Alfons die häuslichen Probleme beichtete. So erfuhr dieser von dem Schatz. »Dein Gatte hat sich gegen den Staat und die Kirche versündigt. Wenn du mir aber den Myrtenkranz bringst, werde ich ihn in unserer Kapelle vor dem Bild des heiligen Franziskus aufhängen. Danach ist die Sünde deines Mannes vergeben.«

Frau Lopez war erleichtert. Der Mönch versteckte den goldenen Myrtenkranz in seiner Kutte und wanderte zum Kloster.

Zu Hause erzählte sie José von ihrem Besuch beim Pater. Ihr Mann war wütend, dass sie das Geheimnis ausgeplaudert hatte. »Wir können nur hoffen, dass dein Beichtvater verschwiegen ist.«

Am nächsten Morgen, nachdem José zur Arbeit gegangen war, klopfte es an der Tür und Pater Alfons trat ein.

»Ich habe zum heiligen Franziskus gebetet. Er ist mir im Traum erschienen und hat mich um einen Teil des maurischen Goldes gebeten. Daraus soll ich einen Kelch und einen Kerzenleuchter anfertigen lassen und auf den Altar der Kapelle stellen. Hinfort kann die Familie Lopez in Frieden leben.«

Die Frau bekreuzigte sich, füllte einen Beutel mit Geldstücken und gab ihn dem frommen Mann. Der bedankte sich, ließ die Geldbörse in den Ärmeln seiner Kutte verschwinden und ging mit einem Lächeln auf dem Gesicht nach Hause.

Als José nach Hause kam und von dem zweiten Geschenk an die Kirche erfuhr, wetterte er erneut und seine Frau beruhigte ihn: »Es ist doch nur ein kleiner Anteil des Schatzes gewesen. Ein anderer hätte viel mehr verlangt.«

In den folgenden Wochen hatte der Franziskaner für arme Verwandte und hungrige Waisenkinder zu sorgen und bat um Spenden für den heiligen Jakobus und unzählige Heilige.

In seiner Verzweiflung fasste José den Entschluss, Granada heimlich zu verlassen, um in einem anderen Ort zu leben. Er kaufte ein Maultier mit zwei Tragtaschen und stellte es in einem Gewölbe unterhalb des Siebenstöckigen Turms ab. Angeblich sollte sich hier vor Mitternacht ein Höllenross aufhalten, das nachts, gefolgt von Teufelshunden, durch die Straßen von Granada jagte.

Tags darauf schickte José seine Frau und Sanchita in ein Dorf einige Meilen vor der Stadt. Am späten Abend belud er sein Maultier mit dem Schatz und führte es vorsichtig den Weg ins Tal hinunter.

Da sie um ihr Seelenheil besorgt war, beichtete die Frau vor der Abreise den Plan ihres Mannes. So versteckte sich der Pater abends im Gebüsch in der Nähe des Torbogens, um für den heiligen Franziskus noch eine Spende zu ergattern. Vom Wachturm schlug die Uhr jede Viertelstunde, die Eulen riefen und in der Ferne bellten Hunde.

Um Mitternacht hörte der Mönch Hufgetrappel und sah die Umrisse eines Rosses, das den Weg von der Alhambra herunterkam. Er rieb sich die Hände, als er sich das überraschte Gesicht Josés vorstellte.

Kaum war das Tier vor seinem Versteck, sprang er heraus und schwang sich mit einem Schwung auf das Pferd. Das Maultier bäumte sich auf, schlug nach den Seiten aus und galoppierte den Berg hinab. Der Pfaffe konnte sich nur mühsam festhalten bei dem Ritt über Felsen, Büsche und Steine. Seine Kutte wurde dabei in Fetzen gerissen, sein Schädel stieß an Äste, Arme und Beine zerschrammten durch Dornensträucher. Als er sich umdrehte, schrie er vor Angst auf, hinter ihm liefen sieben heulende Hunde.

Weiter sprengte das Höllenross in die Stadt hinunter. Vergebens betete der Mönch zu der Heiligen Jungfrau Maria und rief sämtliche Schutzpatrone an. Trotzdem galoppierte das Teufelspferd immer wilder die ganze Nacht durch die Straßen Granadas und die Höllenhunde rannten hinterher. Sämtliche Knochen taten dem Pater weh, denn er musste sich festklammern, um nicht herabzustürzen.

Endlich krähte ein Hahn und verkündete den neuen Tag. Ross und Hunde kehrten um und jagten zur Alhambra zurück. Bevor sie den Turm erreichten, schlug der Gaul aus, warf den Mönch ab und verschwand im Gewölbe.

Morgens fand ihn ein Bauer am Wegesrand liegen und brachte ihn ins Kloster. »Ich wurde von Räubern überfallen«, jammerte der Pfaffe und kurierte während der nächsten Tage seine Wunden. Als es ihm besser ging, kontrollierte er sofort seinen Strohsack, wo er das Geld und den Myrtenkranz versteckt hatte.

Aber, oh Jammer, die Ledersäcke enthielten nur noch Sand und Kies und der Kranz war verwelkt.

Indessen reiste José Lopez mit seiner Familie nach Córdoba, kaufte ein prächtiges Haus und lebte dort glücklich und zufrieden. Jeden Sonntag ließ er für die verzauberte Prinzessin eine Messe lesen, damit sie erlöst wurde.

DAS WIEDERSEHEN

Dorothea saß am Schreibtisch und schaute aus dem Fenster. Vor ihr lag das Aufsatzheft. Die Überschrift *Mein schönstes Erlebnis* hatte sie vor einer halben Stunde in Schönschrift geschrieben. Das Mädchen überlegte, gab es überhaupt schöne Erlebnisse in ihrem fünfzehnjährigen Leben? Seit drei Jahren war sie ständig allein. Ihre Mutter war Reiseschriftstellerin und hatte keine Zeit für die Familie. Sie war viel unterwegs und kam nur nach Hause, um sich mit sauberer Kleidung einzudecken. Und Vater war meistens in seiner Porzellanfabrik beschäftigt.

Wenn doch nur ihre Schwester Aurora noch bei ihr sein könnte.

Es war an einem Sommertag vor drei Jahren, so wie heute. Aurora saß in ihrem grünen Reitkostüm auf dem braunen Hengst Geysir und ritt zum See hinunter. Plötzlich scheute das Pferd vor einem umgestürzten Baum und warf sie ab. Ihre Schwester verletzte sich dabei so schwer, dass sie kurz darauf starb.

Dorothea schaute auf Auroras Porträt an der gegenüberliegenden Wand und seufzte: »Ich wünsche mir, dass du wieder bei mir bist.«

Ein Knarren, als wenn jemand eine lose Diele betrat, unterbrach sie in ihren Gedanken. Sie blickte zur Decke. Über ihrem Zimmer lag der Dachboden mit einigen unbewohnten Räumen. Das Mädchen legte den Bleistift zur Seite, erhob sich und ging zur Tür. Nach kurzem Zögern huschte sie hinaus in den Korridor und die Treppe nach oben.

Am Treppenabsatz blieb sie stehen. Der Flur war düster, wurde nur am Ende spärlich durch ein Fenster erhellt. Links hingen an der Wand lebensgroße Bilder ihrer Großeltern, deren Augen sie zu verfolgen schienen. Hinten stand ein Holzgestell mit einem hohen Spiegel. Rechts führten Türen zu den Bodenkammern, in denen Truhen mit längst vergessenem Kinderspielzeug, Schränke mit altmodischen Kleidern und Weihnachtsbaumschmuck aufbewahrt wurden.

Dorothea lauschte und vermeinte ein Trippeln zu hören. Sie schlich bis zur letzten Tür, bückte sich und blickte durch das Schlüsselloch. Leider konnte sie nichts erkennen. Vorsichtig drückte sie die Klinke herunter, die Tür öffnete sich mit einem Quietschen.

Es war dunkel, hin und wieder blitzten kleine Lichter wie Glühwürmchen, die auf und ab tanzten. Ein Windhauch streifte ihre Wange und sie schrie auf. Auf einmal verbreitete sich im Zimmer ein diffuses Licht, das von vielen kleinen Kerzen ausging, die über dem Kopf einer jungen Frau zu schweben schienen.

Das Mädchen starrte sie an. »Aurora«, flüsterte es, »was machst du denn hier?«

Die Angesprochene lächelte, legte einen Finger auf die Lippen und verschwand. Dorothea blickte in die Dunkelheit, drehte sich um und erschrak. Vor ihr stand ein Mädchen und starrte sie mit aufgerissenen Augen an. Sie kam ihr wie eine jüngere Ausgabe von sich selbst vor. Beim Wegdrehen fielen ihr flüchtig die kürzeren Haare auf. Gleich darauf schalt sie sich, »ich habe mein eigenes Spiegelbild gesehen«, und lief den Gang zurück. Dabei stolperte sie über ihren Rocksaum und fiel der Länge nach hin. Nach einem Moment stand sie auf und betrachtete stirnrunzelnd ihren Rock. Darnach raffte sie ihn hoch und eilte die Treppe hinunter.

In ihrem Zimmer setzte sich Dorothea an den Schreibtisch und wollte nun den Aufsatz schreiben. Doch wo war das Heft geblieben? Stattdessen lag vor ihr eine alte unvollendete Zeichnung von einem Pferd. Früher hatte sie gern Tiere gezeichnet. Vor drei Jahren hatte sie diese Skizze begonnen. Nach dem Tod ihrer Schwester versteckte sie den Block im Schrank.

Draußen im Hof trappelten Pferdehufe, Stimmen drangen an ihr Ohr. Sie sah aus dem Fenster und rieb sich die Augen. Ihre Schwester Aurora und ihr Cousin Richard bestiegen zwei vom Stallknecht ge-haltene Pferde. Das Mädchen stürzte aus dem Zimmer, verhedderte sich erneut in dem langen Rock, hob ihn hoch und stürmte zur Eingangstür hinunter. Dabei rief sie ständig: »Aurora, warte«, bis sie atemlos im Hof ankam. Sie blinzelte und konnte nicht glauben, was sie sah. Ihre Schwester saß in dem grünen Reitkostüm auf einer weißen Stute und lächelte ihr zu – wie damals.

»Warum schaust du so traurig? Wir reiten zum See hinunter. Zum Tee sind wir wieder zurück.«

»Aurora, bitte bleib hier«, Dorothea schaute den Reitenden nach und stutzte plötzlich. Sie drehte sich zu dem Knecht um, der zum Stall zurückging, und rief:

»Wo ist Auroras Pferd, der braune Hengst, den sie immer ritt?«

»Geysir? Den habe ich heute früh zum Schmied gebracht. Er brauchte neue Hufeisen.«

DER JADEDRACHEN UND DAS MÄDCHEN

Einst lebte ein Ehepaar mit ihrer Tochter Pangkao in einer Miao-Stadt. Das Mädchen wuchs heran und da sie klug und gescheit war, besuchte sie eine höhere Schule. Als sie siebzehn Jahre alt war, äußerte sie den Wunsch, Krankenschwester zu werden. Nach ihrem Examen arbeitete sie im Krankenhaus als Säuglingsschwester.

Eines Tages bemerkte Pangkao beim Dienstantritt, dass drei Babys verschwunden waren. Die Bettchen waren leer, stattdessen fand sie am Kopfende eine kleine Jadeplatte. Sie meldete den Vorfall der Oberschwester und diese dem Chefarzt. Der schaltete die Polizei ein und informierte die Eltern. Trotz intensiver Suche fanden sie keine Spur von den Säuglingen.

Im folgenden Monat entdeckte Pangkao wieder das Verschwinden von drei Babys. In den Betten lagen erneut Jadeplättchen, die Nachforschungen blieben erfolglos. Vier Wochen später vermisste sie abermals drei Säuglinge. Die betroffenen Eltern jammerten und beschworen die Polizei, die Kinder überall zu suchen und die Sicherheitsvorkehrungen zu verstärken.

Hinter dem Krankenhausgebäude gab es einen Garten, in dem ein kleiner Tempel stand. Die Angestellten kamen hierher, um ihre Gebete zu verrichten. Auf einem Podest saß eine Buddhafigur, vor der sie niederknieten. Rechts stand in einer Nische ein Schrein mit einem Jadedrachen. Vor ihm lagen die Jadeplatten der verschwundenen Babys und Schüsseln mit Reis und Blumen, Opfergaben der Eltern. Pangkao kam regelmäßig, um für die verschollenen Kleinkinder zu beten. Eines Tages, als sie den Tempelraum aufsuchte, stand vor dem Jadedrachen ein junger Mann und betrachtete die Anhänger.

»Was für ein Motiv könnte er haben?«, murmelte er.

»Was meinen Sie damit?«, fragte die Krankenschwester.

»Oh, entschuldigen Sie. Mein Name ist Mousha. Ich bin Polizeiagent. Ich soll diesen Fall aufklären.«

Abends saß Mousha im Kontrollraum des Krankenhauses und beobachtete gemeinsam mit zwei Kollegen die Bildschirme der Videoüberwachung. Die Kameras hatte man in den Säuglingszimmern, in den Fluren und in den Schwesternzimmern installiert. Er beobachtete die Schwester, die er im Tempel getroffen hatte. Wie anmutig sie aussah und wie sorgsam sie mit den Kindern umging. Plötzlich rief ein Mitarbeiter: »Ein Baby wird aus dem Bett gehoben. Aber die Person ist nur undeutlich zu erkennen. Scheint einen glitzernden Overall anzuhaben.«

»Sofort Alarm auslösen«, rief Mousha.

In dem Moment flimmerten die Monitore. Nach einigen Sekunden waren alle Räume wieder zu sehen. In drei Zimmern schwebten über den Kinderbetten Rauchwolken. Sie flogen aus den Räumen und waberten weiter in die Flure. Mousha stürzte hinaus und rannte die Treppe nach oben. Die Polizisten stürmten ebenfalls zur Säuglingsstation.

Aber sie kamen zu spät. Außer Rauchschwaden konnten sie keine Spuren entdecken. Drei Säuglinge waren erneut verschwunden und diesmal wurde auch die Säuglingsschwester vermisst. In den Betten lagen Jadeplättchen, im Schwesternzimmer lag auf dem Tisch eine herzförmige Jadeplatte.

Als Pangkao zu sich kam, saß sie in einem Luftfahrzeug. An den Tragflächen befanden sich viele kleine Propeller, von denen ein Summen ausging. Sie schaute aus dem Fenster und blickte auf Baumwipfel, die den Bauch der Maschine fast zu berühren schienen. Babys schrien, eines röchelte, ein anderes gurgelte, schließlich war es still. Ein Wesen in einem glitzernden weißen Anzug trat zu der Schwester, reichte ihr ein Glas Wasser und forderte sie zum Trinken auf.

Erneut glitt Pangkao in einen tiefen Schlaf. Sie hatte das Gefühl, emporgehoben zu werden, danach fiel sie in einen Schlund.

In einem Felsenraum kam sie zu sich und erhob sich. Durch eine Türöffnung drang Licht. Sie ging hinaus und befand sich in einer riesigen Höhle. Die Wände funkelten in unterschiedlichen Farben. Als sie näher an einen Fels trat und ihn berührte, ertastete sie allerlei eingelassene Edelsteine. In unregelmäßigen Abständen waren Nischen in der Wand eingehauen. Pangkao schaute hinein und erspähte Säuglinge, aber auch zahlreiche Kleinkinder. Alle schienen zu schlafen.

Unerwartet erdröhnte eine Stimme, die in dem Felsensaal widerhallte: »Willkommen in meinem Reich.«

Die junge Frau drehte sich erschrocken um. Hinter ihr lagerte in einer großen Höhlung auf einem Podest eine riesige Gestalt, die ständig ihre Form veränderte. Mal sah sie wie ein Drache aus oder sie schien aus Rauchschwaden zu bestehen. Das Gebilde hatte fortwährend wechselnde Rundungen und schillerte in sämtlichen Regenbogenfarben.

»Ich bin der Geist des Jadedrachens. Hast du die Jadefigur gesehen? Sie steht in jedem Krankenhaus, auch dort, wo du arbeitest. Ich habe dich wegen deiner Schönheit auserwählt und geholt. Du sollst meine Frau werden.«

»Nein«, jammerte Pangkao, »das will ich nicht. Bitte lass mich frei.«

»Auf keinen Fall«, donnerte der Drache. »Lieber werde ich weiterhin die Kinder zermalmen und verschlingen. Und du wirst so lange schlafen, bis du in die Heirat einwilligst.«

In dem Augenblick, als die Stimme verhallte, schwebte aus einer Nische ein Kleinkind heraus und wurde von dem Ungeheuer vertilgt. Im selben Moment verlor die junge Krankenschwester das Bewusstsein.

Eines Tages wurde der jüngste Sohn des Gemeindevorstehers ins Krankenhaus eingeliefert. Er hatte hohes Fieber und musste auf der Intensivstation behandelt werden. Der Polizeichef verstärkte die Wachen und ließ zusätzliche Kameras installieren, die mit höchst empfindlichen Filmen ausgestattet waren.

In der Nacht, Mousha hatte erneut Dienst, schrillte die Alarmsirene auf der Intensivstation. Die Überwachungsbildschirme flimmerten. Sofort stürzten die Kollegen nach oben. Eine dunkle Rauchwolke quoll aus dem Zimmer, wo der Sohn des Gemeindevorstehers lag, und schwebte in den Flur. Mit einer LED-Taschenlampe nahm Mousha eine gleißende Gestalt wahr, die sich in Nichts auflöste. Das Bett des Kindes war leer. Der Agent hastete aus der Klinik und entdeckte am Himmel einen leuchtenden Flugkörper, der sich rasch entfernte. Über Sprechfunk teilte Mousha der Polizeizentrale seine Beobachtung mit und forderte eine Verfolgungsdrohne an sowie einen Hubschrauber für sich.

Kurz darauf stieg die Drohne auf und nahm Kontakt zu dem noch sichtbaren Nebelstreif auf. Der Düsen-Hubschrauber folgte ihren Signalen. Sie flogen über die Gelben Berge, hohe Gipfel wechselten sich mit tiefen Schluchten ab und landeten auf einem Plateau am Rande eines Waldes. Während der Agent auf weitere Informationen wartete, traten Holzfäller zu ihm.

»Seid Ihr ein Abgesandter des Präsidenten? Wir haben ihn vor Kurzem um Hilfe gebeten, weil uns ein Ungeheuer bedroht. Jede Nacht sitzt es auf jenem hohen Felsen, brüllt und stöhnt und spuckt eine Feuersäule in den Himmel. Das Unheimliche dabei ist, dass wir jedes Mal das Weinen von Kindern hören und in letzter Zeit auch das Schluchzen einer Frau. Außerdem berichten die Dorfbewohner, dass bereits aus der Umgebung sieben Kleinkinder verschwunden sind.«

Nachts versteckte sich Mousha hinter einem Baum und richtete seine Repetierbüchse auf den Felsen. Nach langem Warten hörte er ein Brüllen und Kreischen und im Hintergrund ein Weinen. Vor dem dunklen Himmel zeichneten sich die feurigen Umrisse eines Drachen ab. Der Agent zielte und traf das Untier in die Brust. Es fiel in eine Schlucht. Augenblicklich hörte das Schluchzen auf.

Bei Sonnenaufgang überprüfte Mousha das gesendete Filmmaterial der Drohne. Am Fuß des Felsens, wo der Drache gesessen hatte, befand sich ein Eingang. Er stieg in die Schlucht herunter, fand den Körper des Ungeheuers, dessen Schuppen aus Jadeplatten bestanden. Die Brustseite war ungeschützt, da zahlreiche Jadeplättchen fehlten, und wies mehrere Einschüsse auf.

Der Höhleneingang war durch Schlingpflanzen verdeckt. Wie groß war Moushas Erstaunen, als er mit seiner Taschenlampe den in allen Farben leuchtenden Felsensaal ausleuchtete. In der Mitte hockte die Krankenschwester umringt von Säuglingen. Kleinkinder tanzten, schrien und jauchzten.

Der Präsident, der erst verspätet von den Machenschaften des Jadedrachens und den verschwundenen Kindern erfahren hatte, veranlasste eine Bergung des Ungeheuers. Doch niemand fand heraus, wo es hingebracht wurde.

Mousha kehrte mit Pangkao und den geretteten Säuglingen und Kleinkinder in die Heimat zurück und der Gemeindevorsteher verlieh ihm den Rang eines Oberst-Agenten. Drei Tage später veranstalteten die Bewohner der Miao-Stadt für ihn und Pangkao ein Fest, das zum Andenken an die Befreiung der Kinder jedes Jahr gefeiert wurde.

DER ZUFRIEDENE JAKOB

Nachdem Jakob und Hans ihrem Herrn, dem reichsten Bauern im Tal, sieben Jahre gedient hatten, packte sie das Heimweh. Sie baten um ihren Lohn und jeder erhielt einen Klumpen Gold, der fast so groß wie ihre Köpfe war.

»Ihr habt all die Jahre fleißig gearbeitet und wart mir immer treu.« Mit diesen Worten entließ sie der Bauer.

Jakob wickelte den Brocken in ein Tuch und Hans tat es ihm gleich. Sie hoben ihr Bündel auf die Schulter und machten sich kreuzfidel auf den Weg nach Haus. Eine Weile schritten sie gemeinsam die Landstraße entlang, bis sie zu einer Kreuzung kamen. Hier trennten sich ihre Wege. Sie nahmen voneinander Abschied. Hans marschierte nach Norden, wo seine Mutter in einem Dorf wohnte. Jakob dagegen wanderte gen Süden, denn sein Heimatdorf lag weiter entfernt jenseits eines großen Waldes.

Wie er so dahin ging, begegnete er einem barfüßigen Mann, der mit einer braunen Kutte bekleidet war. Dieser saß im Schatten eines Baumes, um zu verschnaufen. Jakob gesellte sich zu ihm und wischte sich den Schweiß von der Stirn, denn der Goldklumpen drückte ihn schwer.

»Wohin des Wegs?«, fragte er den Barfüßigen und dieser antwortete: »Ich pilgere zum Grab des heiligen Jakobus.«

»Was …?«, wunderte sich Jakob, denn von einem Heiligen seines Namens hatte er noch nie gehört.

Da kam ein Metzger des Weges und trat zu den beiden in den Schatten des Baumes. Er zog auf einem Schubkarren ein quiekendes Schwein hinter sich her.

»Das ist eine bequeme Art zu reisen«, staunte Jakob. »Ich wünschte, ich könnte mit dir tauschen. Mein Brocken drückt mich arg.«

»Gib ihn mir, ich überlasse dir das Schwein. Das kannst du schlachten und hast saftiges Fleisch.«

»Gott lohn Euch Eure Freundlichkeit«, bedankte sich Jakob, nahm das Schwein und überließ dem Metzger den Goldklumpen. In der Zwischenzeit hatte sich der Pilger einen verdorrten Ast vom Baum geschnitten und zu einem Wanderstab gestutzt. Bevor er seine Wanderung zum Grab des heiligen Jakobus fortsetzte, schärfte er dem Jakob ein, sich vor Gaunern in Acht zu nehmen. Denn ihm schien der Jüngling äußerst gutgläubig zu sein. Sie nahmen voneinander Abschied und Jakob schritt fröhlich pfeifend, den Karren mit dem Schwein hinter sich herziehend, in Richtung Heimat.

Um die Mittagszeit kam er zu einem Dorf, in dem ein kleinwüchsiges Volk lebte. Vor einem Gasthaus blieb Jakob stehen, als jählings ein Männlein aus dem Hauseingang stolperte und rücklings auf den Boden stürzte. Mühsam rappelte es sich hoch und schaute mit einer Sündermiene zur Tür, die krachend ins Schloss fiel. Jakob bückte sich zu dem etwa einen halben Klafter großen Mann.

»Was hast du verbrochen, dass dich der Wirt aus dem Haus wirft?«

»Ich habe mir in der Küche ein Stück Brot genommen, weil meine Kinder am Verhungern sind. Denn meinen Lohn habe ich bisher nicht erhalten.«

»Du hast umsonst gearbeitet?«

Das Männlein nickte betrübt. »Dann überlasse ich dir mein Schwein. Das kannst du für gutes Geld auf dem Markt verkaufen.«

»Wie soll ich dir nur danken?«, überlegte der Beschenkte. »Ich gebe dir sieben Katzenhaare, die sollen dir Glück bringen.«

Jakob steckte die Haare ein, wünschte dem Männlein einen guten Tag und setzte seinen Weg fort.

Am Nachmittag kam er durch einen Tannenwald. Auf einer Lichtung stand ein kleines Haus mit einem Gärtchen davor. Doch es war verwüstet, die Blumen waren vertrocknet, die Äste der Sträucher abgebrochen. Die Haustür stand offen und hing schief in den Angeln. Jakob trat näher und rief: »Ist da jemand?« Nichts rührte sich. Drinnen war es dunkel, da die Vorhänge zugezogen waren. Plötzlich hörte er ein Knarren, wie von losen Dielen, und ein Junge, der ihm bis zum Ellbogen reichte, stand vor ihm.

»Bist du allein?«, fragte Jakob. »Wo sind deine Eltern?«

Der Kleine jammerte: »Die Wölfin hat unsere Zicklein geholt. Meine Eltern haben sie gesucht. Seitdem sind sie nicht mehr zurückgekehrt. Hinterher kamen drei Räuber und haben alles verwüstet. Ich hab mich auf dem Dachboden versteckt ...«

»Du armes Kind. Bleib hier, ich suche deine Eltern.«

Derweil Jakob mit dem Jungen sprach, spielte er mit den Katzenhaaren. Da stieg eine dünne Rauchwolke aus seiner Hosentasche und schlängelte sich am Boden entlang. Er folgte ihr und nach einiger Zeit kam er zu einer Waldschneise, wo er einen Hilferuf hörte.

»Hallo«, rief er.

»Hier«, ertönte eine Stimme, »wir sind in der Grube.«

Nicht weit entfernt erspähte Jakob abgerissene Zweige. Als er näher trat, sah er in einer Fallgrube einen Mann und eine Frau hocken. Die dünne Rauchwolke kroch hinein und augenblicklich stand an der Grubenwand eine Leiter. Der Mann und die Frau kletterten hinaus.

»Habt Dank, Fremder, dass Ihr uns errettet habt.«

Ehe Jakob etwas erwidern konnte, verwandelte sich die Leiter abermals in die dünne Rauchsäule und schwebte durch das Waldickicht. »Schnell, wir müssen ihr folgen«, und alle drei rannten hinterher.

Von Weitem hörten sie das Meckern der Zicklein. Sie kamen zu einer Höhle, in der sich drei Wolfskinder befanden, die mit den Ziegenkitzen spielten. Sie begrüßten die Besucher, beschnupperten sie und wedelten mit den Schwänzen. Von der Wölfin war weit und breit nichts zu sehen.

Als die Leute die Ziegen fortzogen, wollten die Wölfe mitkommen. Da fiel dem Jakob ein Stück Fleisch vor die Füße. Er hob es auf, warf es zu den Wölfen und lief den Eltern nach.

Vor ihrem Haus angekommen, blieb Jakob erstaunt stehen. Der Junge goss im Garten die blühenden Blumen. Die Haustür war repariert, drinnen alles ordentlich aufgeräumt. Hinter dem Haus stand ein Stall mit einer Tür, die niemand mehr aufbrechen konnte. Die Familie war glücklich. Sie dankte ihrem Retter, lud ihn zum Essen ein und bereitete ihm ein Nachtlager.

Am nächsten Morgen machte sich Jakob auf den Heimweg. Er durchquerte den Wald und erklomm einen Hügel. Von der Kuppe sah er verdorrte Felder und sein Heimatdorf. Er traute seinen Augen nicht, über der Landschaft schwebte eine Rauchwolke. Wo einst Häuser gestanden hatten, waren nur noch verkohlte Mauerreste. Das Jodeln erstarb auf seinen Lippen. Er lief hinab und fand sein Elternhaus ebenfalls zerstört.

Da weinte Jakob bitterlich. Er suchte sich im nahe gelegenen Steinbruch einen Unterschlupf. Wie groß war sein Erstaunen, als er in einer Höhle seine Mutter und die Dorfbewohner antraf. Sie erzählten ihm, dass der Graf von Wiesenstein seine Männer zu ihnen geschickt hatte, um die Steuer einzutreiben. Die Leute konnten wegen der Missernten nichts bezahlen und mussten mit ansehen, wie ihr Hab und Gut verbrannt wurde.

Jakob dachte an den Goldklumpen. Warum hatte er ihn eingetauscht? Wie nützlich wäre er jetzt für seine Mutter und die Nachbarn gewesen. Während er grübelte, spielte er mit den Katzenhaaren in seiner Hosentasche. Als er seine Hand herauszog, um seine kitzelnde Nase zu reiben, drang Staub mit hinaus. Ein kräftiger Nieserich verteilte ihn in die Richtung des zerstörten Dorfes.

Verwundert sah Jakob, dass es Goldstaub war, der die Häuser der Siedlung wiederauferstehen ließ. Sie waren von einer stattlichen Größe und umgeben von Feldern, die bereit für die Ernte waren. Eine dunkle Staubwolke flog aber zum Schloss des Grafen und erstickte ihn mitsamt seinen Männern. Fortan wohnte Jakob mit seiner Mutter in einem großen Bauernhaus und alle Bewohner des Dorfes lebten in Frieden und Wohlstand.

DER BAUMEISTER UND DAS KROKODIL

Es war einmal, so wird berichtet, ein Baumeister, der seinem Pharao einen großen Tempel baute. Der König hatte viele Kriege geführt. Die Grenzen von Ägypten waren gesichert und die Gegner geschlagen. Chonsemhab, so hieß der Baumeister, schmückte die Wände des Tempels mit zahlreichen Reliefdarstellungen, die den Ruhm des Königs verkündeten. Für seine Dienste erhielt Chonsemhab ein prachtvolles Haus mit einem großen Garten und ausgedehnte Ländereien. Er hatte eine Frau, die hieß Merit, und viele Diener und Dienerinnen, die sich um das Wohl der Familie kümmerten.

Für seine Freunde veranstaltete er gern glanzvolle Gastmähler, auf denen üppige Speisen und Getränke angeboten wurden. Die Damen erhielten zu Beginn der Feste von Zofen Duftkegel, die auf ihre Haarscheitel gesetzt wurden, sowie Geschmeide und Wasserrosen. Musikantinnen begleiteten die Feiern mit Harfenklängen, Lautenmusik und Doppelflöte. Andere Mädchen klatschten in die Hände oder tanzten vor der Gesellschaft.

Chonsemhab ging gern am Nilufer auf die Jagd. Dafür hatte er ein Schilfboot, auf dem er stand und mit einem Wurfholz Vögel erlegte oder mit einem Speer Fische aufspießte.

Eines Tages tauchte neben seiner Barke die Schnauze eines Krokodils auf. Ein Diener fiel in den Fluss und wurde von dem Reptil unter Wasser gezogen. Kurz darauf tauchte das Krokodil wieder auf. Der Baumeister stach ihm mit seiner zweispitzigen Harpune in den Kopf und traf das Auge des Tieres. Das grunzte wütend, als wenn es einen bösen Schwur von sich geben würde. Wild schlug es mit dem Schwanz um sich und versank im Wasser.

Am nächsten Morgen wachte Chonsemhab auf und fühlte sich anders als sonst. Er lag auf dem Bauch. Vor seinen Augen sah er ein längliches olivfarbenes Gebilde, das auf seiner Kopfstütze ruhte. Als er nach links schaute, erschrak er, da lag eine riesige Hand mit Krallen an drei Fingern. Sein Versuch, sich zu bewegen, misslang zunächst, weil sich der Oberkörper im Bettlaken verheddert hatte.

Zu guter Letzt erhob er sich, konnte aber nur auf allen vieren stehen. Sein athletischer Körper war verschwunden, seine Haut hatte sich zu einem Schuppenpanzer verdichtet. Das Bett war ein Trümmerhaufen. Er begriff, dass er ein Krokodil war.

Die Diener standen ängstlich am Zimmereingang und wagten nicht, sich ihm zu nähern. Chonsemhab versuchte zu sprechen, aber er brachte nur grunzende Laute heraus.

Ihm kam eine Idee. Er lief, so schnell er konnte, aus dem Zimmer. Alle Personen rannten schreiend vor ihm davon.

Durch den Lärm erwachte die Herrin des Hauses. Merit eilte zu dem Gemach ihres Gatten und sah nur noch den Schwanz einer Echse, die in den Garten schlüpfte. Da Chonsemhab nicht mehr da war, nahm sie an, das Reptil hätte ihn gefressen.

An einer Wegkreuzung blieb das Krokodil stehen und wendete den Kopf. Es vergewisserte sich, ob ihm jemand folgte. Seine Frau betrat die Anlage. Das Tier bewegte die Krallen seiner rechten Hand und malte Zeichen in den Sand. Dann schaute das Reptil zurück und kroch zu dem nahe gelegenen künstlichen Teich. Dort betrachtete es sich im Wasser. Tränen tropften aus den Augen. Schließlich glitt es in das Bassin und tauchte unter. Die Nasenlöcher ragten aus dem Wasser.

In der Zwischenzeit kam Merit an die Wegkreuzung und las im Sand: *Ich bin Chonsemhab*. Sie lief ans Ufer und rief:

»Komm zurück, mein Gemahl.« Sie kniete sich an den Rand des Beckens und tauchte die Hände in den Teich. Das Krokodil schwamm zu ihr und sie streichelte seine Schnauze.

»Was soll ich tun? Gib mir ein Zeichen?«

Aber Chonsemhabs Grunzen verstand sie nicht und sie gab zunächst den Dienern die Anweisung, das Tier zu füttern. »Habt keine Angst. Das ist euer Herr Chonsemhab.«

Am Nachmittag ging seine Frau zum Hohepriester des Amun-Tempels und bat ihn um Unterstützung. »Chonsemhab wurde in ein Krokodil verwandelt. Ich verspreche dir reiche Opfergaben. Bitte den Gott um Hilfe. Wie kann ich meinen Gatten erlösen?«

In der folgenden Nacht hatte sie einen Traum. Sie stand am Ufer des Nils. Eine dunkle Wolke senkte sich herab und blieb auf dem Wasser liegen. Eine Stimme sprach: *Ich bin der Geist des Krokodils, das Chonsemhab getötet hat. Errichte mir ein Grabmal und dein Gatte wird seine menschliche Gestalt wiederbekommen.*

Am nächsten Morgen ging Merit zum Teich und rief:

»Mein Gemahl, komm zu mir. Ich will dir etwas erzählen …«

Das Reptil schwamm zu ihr und hörte aufmerksam zu, was seine Frau ihm berichtete. »… deshalb werde ich deinen Bauleiter rufen und mit ihm den Plan besprechen. Er soll in deinem Auftrag den Bau des Grabmals durchführen. Wenn du einverstanden bist, öffne dein Maul und ich lege meine Hand hinein.«

Merit legte ihre Hand in das geöffnete Maul und zog sie unversehrt wieder heraus. Anschließend ließ sie den Bauleiter rufen und gab ihm den Auftrag, auf dem Friedhof im Westen der Hauptstadt ein Grabmal für ein Krokodil zu errichten.

Und alles wurde so ausgeführt, wie von der Hausherrin befohlen. Als die Grabkammer fertig war, schickte der Hohepriester dreißig Diener Gottes hinüber in die Nekropole. Sie sprachen fünfundzwanzig Gebete vom Nilufer bis zum Grabmal. Unter ihnen waren auch Merit und ihre Dienerinnen, die kleine einbalsamierte Krokodile trugen und im Grab ablegten. Unter Gesängen der Priester wurde die Ruhestätte verschlossen und die Prozession wanderte zurück zum Fluss. Nachdem sie übergesetzt hatten, suchten sie den Tempel des Amun auf, wo sie der Hohepriester erwartete. Hinter ihm stand Chonsemhab, der die Hände erhob und dem Gott für seine Erlösung dankte.

UNGEWÖHNLICHE REISE IN NEUSEELAND

Elias hatte sich in seine neue Super Mario Party vertieft und gab undeutliche Laute von sich. Am Ende legte er das Nintendo-Spiel ärgerlich auf die Seite.

»Mist, ist ja wie das alte.«

Ihm war langweilig. Papa hatte Dienst im Krankenhaus, Mama spülte in der Küche das Geschirr ab und Lina vergnügte sich mit ihrer neuen Puppe.

Es läutete an der Tür. Er sprang auf und stürmte in den Flur. Bevor die Mutter aus der Küche kam, öffnete Elias.

»Onkel Sebastian, so eine tolle Überraschung«, er schlang seine Arme um die Hüften des Mannes, der lächelnd auf seinen Neffen herabsah.

»Ich auch«, piepste eine Stimme und schon hob der Onkel Lina hoch und küsste sie auf die Wangen.

»Wir dachten, du bist noch in Neuseeland«, machte sich Mutter bemerkbar.

»Da war ich auch bis vor drei Tagen. Aber lasst mich erst mal ausruhen.«

»Hast du uns was mitgebracht?«

Sebastian lachte: »Jede Menge.«

Nachdem er im Wohnzimmer eine Gänsekeule und drei Knödel vertilgt hatte, die Kinder saßen erwartungsvoll neben ihm, kramte er aus seinem Trekking-Rucksack zwei Figuren. Eine stellte einen alten Mann dar mit einem Stab, einem hohen spitzen blauen Hut, langem weißen Bart und in einen grauen Mantel gehüllt. Die andere Figur war klein, trug ein grünes Wams, hatte krause braune Haare und behaarte Füße.

»Das sind der Zauberer Gandalf und der Hobbit Bilbo«, erklärte Sebastian.

»Ich traf sie auf der Südinsel. Nach meiner Ankunft fuhr ich mit dem Bus durch eine hügelige Landschaft, wo Schafe und Rinder weideten. An einem Pass stieg ich aus und wanderte auf einer Schotterstraße weiter. Ich wollte in einer Hütte übernachten, doch die erreichte ich nicht. Es wurde dunkel und ich baute mein Zelt am Rand eines Kiefernwaldes neben mehreren Felsen auf.

Kaum war ich eingeschlafen, hörte ich draußen ein Stampfen und Klatschen. Durch einen Spalt sah ich kleine wie Kobolde aussehende Monster mit Äxten und Schwertern. Sie tanzten um einen Stein, auf dem eine Kreatur mit einem gewaltigen Kopf saß. Während ich überlegte, wie ich mich wehren könnte, trat Gandalf vor mein Zelt, hob seine Arme, es donnerte und alle stoben davon.«

Elias und Lina hatten vor Aufregung rote Backen bekommen.

»Und dann? Wie ging's weiter?«

Sebastian lachte: »Ich bedankte mich bei Gandalf und er lud mich ein, mit ins Auenland zu kommen. Da könnte ich bei seinem Freund Bilbo wohnen. Doch stellt euch vor, als wir beim Hobbit Tee tranken, kamen nacheinander eins, zwei, drei, – dreizehn Zwerge und futterten die Vorräte aus der Speisekammer auf. Im Anschluss daran erzählten sie von ihrem Plan, ihre Höhle, in der sie viel Gold aufbewahrten, vom Drachen zu befreien. Sie zeigten uns eine vergilbte Karte. Ich dachte mir, das wird spannend. Da könnte ich von dieser Expedition eine Bildreportage machen.

Am nächsten Morgen ritten wir los, Gandalf auf einer Stute, die Zwerge auf Ponys, bepackt mit Gepäckstücken, ich auf einem kleineren Pferd mit meinem Rucksack hinter mir. Meine Füße schleiften auf dem Boden, stießen an Steine, die auf den Wegen lagen. Kurz vor einer Anhöhe rasteten wir und ich machte ein Gruppenfoto. Da bemerkten wir, dass Gandalf verschwunden war.

Im selben Augenblick vibrierte mein Handy: *Achtung Trolle*, danach war der Akku leer.«

Sebastian legte die Arme um die Kinder, Elias schaute ihn mit großen Augen an, Lina war eingeschlafen. »Eure Mutter bringt euch ins Bett. Morgen erzähle ich euch, wie wir die Trolle überlistet haben und wie uns die Elben weiterhalfen. Gute Nacht, Kinder.«

Elias und Lina erwachten morgens frühzeitig. Sie schlichen ins Gästezimmer und zogen die Vorhänge auf.

»Onkel Sebastian, aufwachen. Erzählst du uns, wie die Geschichte weitergeht?«

Sebastian rieb sich die Augen. Nach einem Blick auf den Wecker brummte er: »Acht Uhr. Steht ihr in den Ferien immer so zeitig auf?«

»Nicht immer. Willst du eine Tasse Tee?«

»Nachher. Ich komme gleich.«

Mutter stand schon in der Küche und setzte den Teekessel auf. »Seid etwas ruhiger«, ermahnte sie die Kinder, »Papa ist vorhin nach Hause gekommen und will schlafen. Er hatte Weihnachten im Krankenhaus Dienst«, erklärte sie Sebastian.

Nach dem Frühstück setzte er sich auf die Couch im Wohnzimmer.

Elias und Lina hatten sich an ihn gekuschelt und lauschten gespannt auf die Fortsetzung des Abenteuers.

»Wo war ich stehen geblieben?«

»Der eine Mann, ich glaube, der Zauberer war verschwunden«, half Elias nach.

»Ach ja, Gandalf war verschwunden. Es dunkelte und wir verzogen uns zu einer Baumgruppe, um unser Nachtlager aufzuschlagen. Ein Pony büxte aus und sprang in den Fluss, der in der Nähe war. Wir versuchten, es einzufangen, aber es verschwand im Wasser samt unseren Vorräten. Die Zwerge waren schlecht gelaunt, weil Gandalf fort war und sie kaum etwas zum Essen hatten. Ich vertrat mir die Beine und da sah ich in einiger Entfernung ein Licht. Meine Begleiter mussten es wohl auch bemerkt haben, denn sie marschierten vorsichtig an mir vorbei.«

»Kommen jetzt die Trolle?«, unterbrach ihn Elias.

»Wart's ab«, fuhr Sebastian fort. »Ich holte schnell meine Kamera und kletterte auf einen Baum. Bilbo hatte sich inzwischen weiter vorgewagt und schrie auf einmal auf. Und was soll ich sagen, an einem Lagerfeuer saßen drei grobschlächtige Männer mit zerzausten Haaren. Es waren Trolle. Einer hatte den Hobbit gepackt und zerquetschte ihn fast. Die anderen lachten und brüllten *Menschenfleisch, Menschenfleisch*.«

Die Kinder drängten sich noch enger an ihren Onkel, wollten aber trotzdem wissen, wie es weiterging.

»Leider passten die Zwerge beim Anschleichen nicht auf und bekamen Säcke übergestülpt. Ich machte geschwind einige Aufnahmen. Leider sind sie verwackelt, da ich kein Stativ dabeihatte. Die zeige ich euch nachher.

Plötzlich sah ich Gandalf hinter einem Gebüsch auftauchen. Er sprach mit tiefer Stimme und feuerte die Trolle zum Streit an.

Sie wollten die Zwerge entweder rösten, klein hacken oder kochen. Ihr Gebrüll wurde lauter, bis Gandalf sprach: *Wenn die Dämmerung kommt, sollt ihr zu Stein werden*. Und so geschah es, als es hell wurde, standen drei Felsbrocken am Lagerfeuer.«

»Da habt ihr aber Glück gehabt«, meinte Elias, »die Trolle hätten euch sicher alle verspeist.«

»Tja, jedenfalls konnten Gandalf und ich Bilbo und die Zwerge befreien. In einer Höhle fanden wir noch die Speisekammer der Trolle und Schätze, die sie gesammelt hatten. Wir beluden unsere Ponys mit Vorräten und nahmen zwei Elbenschwerter mit. Den Schatz vergruben die Zwerge in der Nähe vom Fluss, damit sie ihn auf der Rückreise wieder mitnehmen konnten.«

»Was sind Elbenschwerter?«, erkundigte sich Elias.

»Die Schwerter wurden von den Elben für die Kriege gegen die Orks geschmiedet. Da bin ich gleich beim nächsten Thema. Gandalf wollte einen Abstecher nach Imladris machen. Das ist ein unbekanntes Tal, in dem die Elben wohnen. Sie sollten ihm den Plan erklären, den die Zwerge dabei hatten. Außerdem brauchten sie für den weiten Marsch zu diesem Berg, wo der Drache jetzt hauste, neue Vorräte und Lebensmittel. Dieses verborgene Tal habe ich auf keiner Landkarte entdeckt, aber ich habe es fotografiert.«

In diesem Augenblick öffnete sich die Wohnzimmertür und Papa schaute herein. »Hallo Sebastian, wieder zurück von deiner langen Reise? Wir haben schon gedacht, du bist verschollen, nachdem wir so lange nichts von dir hörten.«

»Hallo Mark«, Sebastian stand auf und umarmte seinen Bruder. »Bin nach meiner Ankunft in Deutschland gleich hierhergekommen. Da, wo ich war, hatte ich keinen Empfang, obwohl ich mein Handy mit dem Solarpanel aufgeladen hatte. Ich erzähle gerade den Kindern von meiner abenteuerlichen Reise.«

»Na, ich will nicht stören. Du kannst mir später die wahren Erlebnisse erzählen.«

»Aber Papa, Onkel Sebastian hat wirklich eine Expedition mit den Zwergen gemacht. Er hat sie sogar fotografiert.«

Kopfschüttelnd verließ der Vater das Zimmer. Sebastian öffnete seinen Laptop und suchte die Bilder. »Hier, schaut mal. Das ist das erste Gruppenfoto.«

Und wirklich, auf der Aufnahme standen dreizehn Zwerge mit langen Haaren, manche mit Bärten, daneben der Hobbit Bilbo mit dem grünen Wams und den behaarten Füßen. Nur Gandalf fehlte. Anschließend zeigte der Onkel das Bild von den Trollen, das etwas verschwommen, aber große klobige Gestalten erkennen ließ. Auf den nächsten Aufnahmen waren die Felsbrocken zu sehen sowie die Höhle mit den Vorräten und den Elbenschwertern.

»Hier ist das abgelegene Tal. Es war nicht leicht, den Weg zu finden. Und es gibt nur einen Zugang. Im Grund seht ihr einen Fluss, über den eine gewölbte Brücke führt. Dahinter liegt das Haus von Elrond, bei dem wir uns ausruhen konnten. Durch das milde Klima wächst da Gemüse. Es gibt Beerensträucher, Obstbäume und Kiefern. Unser Gastgeber hieß uns willkommen, lud uns zum Essen ein und erzählte Geschichten von den Kämpfen zwischen Elben und Orks.

So erfuhr ich, dass vor vielen Jahren ein Drache in den Berg der Zwerge eingedrungen war. Seitdem saß er auf dem Schatz, den sie angehäuft hatten. Auf der Karte zeigte er uns die Eingangspforte zu dem Berg und zu welcher Zeit sie geöffnet werden konnte. Ich hatte meinen Schreibblock dabei und machte mir Notizen.«

Mutter kam ins Zimmer: »Wie bringst du es bloß fertig, Sebastian, dass die Kinder den ganzen Vormittag ruhig waren? Deine Geschichte muss spannend sein. Wenn ihr Hunger habt, könnt ihr in die Küche kommen. Das Mittagessen ist fertig.«

»Prima! Was gibts denn?«, Elias stürmte hinaus, Lina trottete ihm nach, noch ganz verwirrt von den vielen Neuigkeiten. Sebastian klappte seinen Laptop zu und streckte sich. »Hab gar nicht gemerkt, dass die Zeit so rasch vergangen ist.«

Nach dem Essen machten die beiden Brüder einen Spaziergang. Es war ein sonniger Wintertag, aber kalt. Die meiste Zeit schwiegen sie, bis Mark meinte: »In den drei Monaten, die du weg warst, hast du dich nur zweimal gemeldet, nach deiner Ankunft und bevor du abgeflogen bist. Nicht einmal eine SMS hast du zwischendurch geschrieben. Ich hab mir ernste Sorgen um dich gemacht.«

Sebastian zuckte mit den Schultern.

»Es war wie verhext. Obwohl ich mein Handy ständig aufgeladen habe, bekam ich keinen Empfang. Erst als ich auf dem Weg nach Dunedin war, funktionierte es wieder. Mit dem Fotoapparat konnte ich allerdings tolle Aufnahmen machen. Den Kindern habe ich sie bereits gezeigt.

Du kannst dir nachher den Rest meiner Geschichte anhören. Übrigens schreibe ich für GEO einen Bericht über meine Reise.«

Am Nachmittag setzte sich Sebastian mit den Kindern wieder auf die Couch, den Laptop auf den Knien. Die Eltern hatten es sich in den Sesseln bequem gemacht.

»Ich zeig euch jetzt ein paar Fotos. Hier ist eins von der Gebirgslandschaft, durch die wir zogen. Und das ist Gandalf«, Sebastian zeigte auf einen Mann, dessen Gewand bis zum Boden reichte, mit einer Kappe auf dem Kopf. Er stützte sich auf einen langen dicken Stab, der weiße Bart wehte im Wind.

»Sieht wie die Figur aus, die du uns mitgebracht hast«, bemerkte Elias, hielt sie empor, und Lina nickte.

»Nachdem wir das Tal der Elben verlassen hatten«, fuhr Sebastian fort, »zogen wir auf einem engen Pfad über das Gebirge. Wir übernachteten auf felsigem Boden und bei eisigen Temperaturen. Zum Glück hatte ich meinen warmen Schlafsack dabei. Für die anderen war es kein Spaß. Besonders Bilbo fror unter seiner dünnen Decke.

Eines Nachts tobte ein gewaltiges Gewitter und wir verkrochen uns in einer Höhle. Ich hatte aber ein komisches Gefühl und legte mich am Eingang hin.

Den Rucksack stellte ich am Kopfende auf, um mich vor dem Wind zu schützen. Die anderen verzogen sich ins Innere der Höhle und die Ponys standen in einem abgelegenen Winkel. Anfangs lauschte ich ihren Gesprächen, irgendwann schlief ich ein.

Durch einen Schrei schreckte ich hoch und sah noch, wie zahlreiche koboldartige Wesen die letzten Zwerge fortschleppten. Später hörte ich, dass es Orks waren, die mir am Anfang der Reise bereits begegnet waren. Ein heller Strahl erhellte die Höhle, es roch nach verbranntem Pulver und einige Orks fielen tot um. Ich rutschte aus dem Schlafsack, packte ihn und meinen Rucksack und schlich hinaus. Hinter einem Felsvorsprung versteckte ich mich. Niemand folgte mir und ich blieb dort, bis der Morgen graute.«

»Das hast du wirklich erlebt?«, unterbrach Mark die Erzählung. »Du erzählst uns ein Märchen, so was gibts überhaupt nicht.«

Sebastian suchte in seiner Fotosammlung. »Hier sind einige Aufnahmen von der Höhle. Da liegen Decken von den Zwergen. Schau, wie klein sie sind, damit könnten sich Kinder zudecken. Und das ist eine Tasche, die Bilbo zurückgelassen hat. Hier ist der Höhleneingang, dies der Weg, auf dem ich hinterher marschiert bin und ...«, Sebastian kramte in seinem Rucksack.

»Seht, das ist eine Weste, die ich in der Trollhöhle gefunden habe, und da sind einige Goldmünzen aus dem Schatz.«

Er hielt eine dunkelbraune kunstvoll gearbeitete Weste hoch, »ist mir zu klein. Aber schaut euch die Münzen an, da sind Runen drauf. Ich werde sie bei einem Händler schätzen lassen.«

Mark besah sich alles verwundert und meinte: »Hm, erzähl weiter.«

»Der Pfad führte nach unten und irgendwann gelangte ich in ein Tal, in dem Büsche und niedrige Bäume standen. Ich hatte immer noch keinen Handyempfang und ich weiß nicht, wie lange ich unterwegs war. Wahrscheinlich mehrere Tage. Zum Glück hatte ich Konserven und Dosenbrot dabei. Schließlich erreichte ich einen hohen nadelförmigen Felsen, in den Stufen geschlagen waren. Ich sah eine Gruppe heruntersteigen. Es waren meine Gefährten. Die Zwerge und der Hobbit liefen zum Fluss, der das Tal durchquerte, zogen sich aus und badeten. Gandalf hatte es sich auf einem Stein bequem gemacht und blies mit seiner Pfeife Rauchringe in die Luft. Ich setzte mich zu ihm und fragte: *Wo seid ihr denn abgeblieben?*

Er erzählte mir, wie die Orks Bilbo und die Zwerge verschleppt hätten und er ihnen gefolgt sei. Zum Glück konnte er sie befreien und mit ihnen aus der Höhle fliehen. Der Ausgang lag unterhalb des Pfades, den wir gegangen waren. Sie marschierten durch eine Buschlandschaft, rutschten einen Abhang hinunter und landeten in einem Wald. Dort wurden sie von Wölfen bedroht. Der einzige Ausweg war, sich auf Bäumen zu verstecken. Aber Orks kamen hinzu und legten ein Feuer. In dem Moment, als die

Flammen die Bäume erreichten, wurden sie von Adlern gerettet.«

Mark schaute ungläubig: »So einen Blödsinn habe ich lange nicht gehört«, brummte er. »Das kannst du den Kindern erzählen.« Er stand auf und wollte gehen.

»Warte, ich wollte es auch nicht glauben. Aber Gandalf schien mir kein Lügner zu sein, eher ein Zauberer. Ist auch egal, wie sie zu dem Felsen gekommen sind.

Auf jeden Fall war ich froh, dass sie wieder da waren. Außerdem brauchte ich ihre Hilfe, wenn ich aus diesem seltsamen Abenteuer herauskommen wollte. Es war mir langsam unheimlich. Ich kam mir vor wie in einer anderen Welt. Wie sollte ich zurückfinden?« Sebastian zeigte auf seinen Laptop und sein Handy. »Ich hatte jede Verbindung zur Außenwelt verloren. Kannst du dir vorstellen, wie mir zumute war?«

Sein Bruder setzte sich wieder: »Wie ist es weitergegangen?«

»Wir marschierten zu einer Furt, wo wir den Fluss durchqueren konnten. Auf der anderen Seite des Tals wohnte ein Mann, eine eigenartige Persönlichkeit. Gandalf hoffte, dass er uns aufnehmen und helfen würde.

Am späten Nachmittag erreichten wir dessen Haus. Blumenwiesen, auf denen es von Bienen wimmelte, umgaben das Anwesen. Das Haus war auf drei Seiten von hohen Eichen und von einer Dornenhecke umzäunt. Durch ein Gatter gelangten wir in einen weitläufigen Garten, in dem viele Bienenkörbe aufgestellt waren. Fünf Pferde trabten über den Rasen zu uns. Der Hausbesitzer, Beorn, stand in einem Hof und bearbeitete mit einer Axt einen Eichenstamm.«

Sebastian suchte in seiner Bildersammlung.

»Ich durfte ihn ebenfalls fotografieren.«

Elias war beeindruckt: »Das ist ja ein Riese. Und die Muskeln, die er hat. Kein Wunder, wenn er ständig Holz hackt.«

»Mit dem schwarzen Bart sieht er wie ein böser Mann aus«, meinte Lina.

»Was hat er für eine komische Decke an?«

»Das ist ein Umhang«, erklärte Sebastian.

»Beorn war höflich zu uns. Er hat uns aufgenommen, nachdem Gandalf ihm von den Abenteuern berichtet hatte. Wir bekamen ein ausgezeichnetes Abendbrot und ein bequemes Nachtquartier. Endlich konnte ich mich auf einem Strohlager ausstrecken.

Wir blieben zwei Tage bei ihm. Dann empfahl er den Zwergen und Bilbo, sich auf den Weg zu machen, denn Orks und Wölfe wären auf der Suche nach ihnen. Ich wollte versuchen, einen Rückweg zu finden. Da ich nicht wusste, wo ich mich befand, hatte ich vermutlich einen langen Marsch vor mir. Unser Gastgeber gab uns Vorräte mit.«

Sebastian kramte in seinem Rucksack.

»Das habe ich mitgebracht, einen Topf mit Honig. So einen schmackhaften Honig habe ich noch nie gegessen. Den schenke ich euch. Ein Andenken an mein Abenteuer. Hier ist noch ein Bild von uns allen. Beorn hat es geknipst: links Gandalf, die dreizehn Zwerge, Bilbo, diesmal ohne Knöpfe an der Weste. Die hat er bei der Flucht aus der Höhle verloren. Rechts stehe ich. Eine außergewöhnliche Erinnerung«, sinnierte Sebastian.

»Wie bist du zurückgekommen?«, fragte Mark, derweil Mutter und die Kinder das Foto anstarrten.

»Beorn hat uns Ponys und Pferde geliehen. Der Hobbit und die Zwerge reisten nach Norden. Gandalf wollte ein Stück mit ihnen ziehen. Ich bekam eine Stute. Wenn ich auf einem Hauptweg war, sollte ich sie zurückschicken, erklärte Beorn. Sie kenne den Weg.

Nach drei Tagen kam ich zu einer Asphaltstraße. Ich stieg ab, nahm meinen Rucksack, strich der Stute über die Mähne, bevor sie sich umdrehte und zurück galoppierte. Während ich ihr nachschaute, summte mein Handy und eine Fülle an Nachrichten zeigte mir an, dass ich in der Realität angekommen war. Du hattest ebenfalls oft geschrieben und ich schickte dir sofort eine SMS. Über drei Monate war ich unterwegs gewesen, und ich fand keinen Hinweis, durch welche Gegend wir gewandert waren. Nur die Bilder zeigten, was ich erlebt hatte.«

»Wie bist du nach Christchurch gekommen? Hast du überhaupt dein Flugzeug erreicht?«, erkundigte sich Mark.

»Als ich auf der Straße lief, überholte mich ein Auto, hielt an und nahm mich bis zur nächsten größeren Stadt mit. In Wanaka stieg ich in einen Bus, der nach Dunedin fuhr. Unterwegs buchte ich noch meinen Flug um. So bin ich leider erst nach Weihnachten hergekommen.«

»Wie lange bleibst du, Onkel Sebastian?«, fragte Elias und Lina ergänzte: »Hoffentlich noch lange.«

»Das geht leider nicht. Morgen früh muss ich euch verlassen. Die Arbeit ruft. Aber ich verspreche euch, sobald ich mehr Zeit habe, komme ich wieder.«

WIE ES WEITER GING MIT SCHNEEWITTCHEN

Nach der Hochzeit wurde der Königssohn von seinem Vater in die Staatsgeschäfte eingeführt. Er hatte deshalb nicht mehr viel Zeit für seine Frau. So erkundete Schneewittchen das Schloss, stieg hinauf bis in die Turmspitzen und kletterte hinab in den Keller. Sie entdeckte in den Vorratsräumen Leckereien wie kandierte Früchte, Schokoladenplätzchen, mit Zuckerguss verzierte Waffeln, leckere Sahnetörtchen, türkischen Honig und vieles mehr. Jeden Tag probierte sie von allem ein wenig. Die Nachmittage verbrachte sie ebenfalls allein, denn ihr Gatte reiste häufig durch sein Reich oder ging auf die Jagd. Daher nahm sie sich regelmäßig ein Töpfchen mit Köstlichkeiten hinauf in ihr Zimmer.

Als Schneewittchen in guter Hoffnung war, steigerte sich ihr Appetit. Während der Mahlzeiten vertilgte sie alles, was aufgetragen wurde. Angefangen von den schmackhaften Suppen, bis zu den saftigen Braten mit Semmelknödeln und den süßen Nachspeisen. Auch die üppigen Sahnetorten verschmähte sie nicht.

So blieb es nicht aus, dass Schneewittchen dicker wurde und ihre Kleider geändert werden mussten. Der Königssohn beobachtete dies mit Sorge, schob das Problem allerdings auf die Schwangerschaft.

Nach neun Monaten gebar die junge Frau Zwillinge, einen Jungen und ein Mädchen, die in die Obhut einer Amme gegeben wurden. Vor Gram verspeiste Schneewittchen doppelte Portionen zum Mittagessen, und zum Abendessen aß sie ein ganzes Brot und ungeheure Mengen an Wurst und Käse. Eines Tages passte sie kaum noch durch die Türen im Schloss.

Da wurde ihr Gatte zornig und entschloss sich, Schneewittchen zu verstoßen. An einem Frühlingstag machte sie einen Spaziergang und fand nach ihrer Rückkehr das Eingangstor verschlossen. Trotz ihres Klopfens und Rufens öffnete niemand. Traurig irrte sie im Wald umher. Als es dunkel wurde, legte sie sich auf einer Lichtung zum Schlafen nieder.

Plötzlich hörte sie in der Nähe ein Trippeln und Murmeln. Es waren ihre Freunde, die Zwerge. Schneewittchen richtete sich auf, aber sie huschten vorbei, blieben auch auf ihr Rufen nicht stehen. Diese dicke Frau kannten sie nicht und kümmerten sich deshalb nicht um sie.

Zum Schluss erhob sich die junge Königin schwerfällig von ihrem Lager. Sie war hungrig und sammelte einige Beeren, die sie sofort verspeiste. Ihren Durst löschte sie aus einem Bächlein.

So vergingen einige Wochen. Schneewittchen zog ihr Kleid aus, denn durch das Liegen auf dem Waldboden und durch die Nahrungssuche war es verschmutzt und zerrissen. Außerdem passte es nicht mehr, da sie abgenommen hatte. Aus den Stoffresten bereitete sie sich ein Lager in einer Baumhöhle. Ein Hemd behielt sie an, aus Gras flocht sie sich einen Umhang.

Im späten Herbst, die Blätter fielen bereits von den Bäumen und nachts war es kalt, kamen die Zwerge an ihrer Behausung vorbei.

Sie blieben stehen: »Bist du nicht Schneewittchen? Warum wohnst du im Wald? Möchtest du zu uns kommen? In unserem Haus ist es wärmer und du kannst dich nützlich machen.«

Voll Freude ging sie mit ihnen, passte sogar durch die Tür und erzählte, dass ihr Mann sie nicht mehr bei sich haben wollte. Selbst die Kinder durfte sie nicht sehen. Sie führte den Zwergen den Haushalt, putzte, wusch und kochte Beerenauflauf, Wurzelgemüse, Sauerampfersalat und Pilzsuppen, bis alle protestierten. Pimpel, der älteste Zwerg, erklärte: »Schneewittchen, deine Kochkünste sind wunderbar, aber wir möchten gern zur Abwechslung etwas ..., ich gehe auf Hasenjagd.«

Schneewittchen bereitete einen leckeren Braten, aß selbst jedoch weiterhin fleischlose Gerichte.

Es blieb nicht aus, dass die Hausfrauen aus den Hinter-den-sieben-Bergen-Dörfern von ihren Kochkünsten erfuhren. Sie baten, Schneewittchen solle

Kochkurse für Wald- und Wiesengerichte in ihren Gemeinschaftshäusern geben.

Da die Nachfrage hoch war, kam Zwerg Bomel auf die Idee, neben ihrem Häuschen eine Hütte für eine Kochschule zu errichten. Die ersten fünf Mädchen erhielten eine Ausbildung zur Wald- und Wiesenköchin. Weitere junge Frauen meldeten sich für eine Lehre an, sodass Schneewittchen Gehilfinnen einstellte und die Zwerge eine zweite Hütte errichten mussten.

Nach Jahr und Tag hörte auch der König von Schneewittchens Ruhm. Er bat sie, zu ihm auf sein Schloss zurückzukehren. Doch sie sandte ihm eine diplomierte Köchin und verlangte dafür, er möge ihr die Kinder schicken. Als Schneewittchen die mittlerweile fünfjährigen Zwillinge in die Arme schloss, standen die Zwerge traurig dabei. »Wirst du uns jetzt verlassen?«

Sie lächelte: »Nie werde ich euch verlassen. Ihr habt mich beherbergt, als ich kein Heim hatte. Ihr habt mir immer geholfen, wenn ich in Not war. Jetzt bleibe ich bei euch.«

Und sie lebten glücklich und zufrieden bis an ihr Lebensende. Was wurde aus Schneewittchens Kindern? Das Mädchen übernahm später die Kochschule und der Sohn wurde König.

MYRA UND DIE SCHWÄNE

Myra wuchs bei ihrer Mutter Rimona im Voralpenland auf. Diese entstammte einem alten Elfengeschlecht, deren Wurzeln sich etwa achthundert Jahre zurückverfolgen ließen. In der Familienchronik stand geschrieben, dass die Ahnherrin Ursula Ludwig den Gütigen nach einem Reitunfall das Leben gerettet hatte. Mit Kräutern hatte sie ihn vom Wundfieber geheilt und anschließend den Status einer Heilkundigen erhalten. Die Lehre von den heilenden Arzneien wurde von Generation zu Generation weitergegeben. So erwarben Rimona und ihre Schwester Ambrosie das Wissen von ihrer Mutter.

In Myras Kindheit gehörte es zum Alltag, die Erzeugnisse aus dem Garten in der großen Küche zu verarbeiten. Da entstanden Kräutertinkturen, Salben aus Blütenpflanzen und allerlei beliebte Obstträike. Das Mädchen interessierte sich nicht dafür. Sie spielte lieber mit den anderen Kindern Verstecken. Da sie immer ein Gespür für das Auffinden der Schlupfwinkel hatte, verärgerte sie ihre Spielkameraden. Diese wollten letztendlich nichts mehr von ihr wissen und Myra suchte sich ihre Freunde bei den Tieren. Im Laufe der Jahre kümmerte sie sich um Kaninchen, Rehe und Tauben. Sogar einen Schwan fütterte sie im nahen Teich.

Nach ihrer Ausbildung zur Lehrerin verbrachte Myra die Sommerferien regelmäßig bei ihrer Mutter. Am 10. August wurde in der Stadt der alljährliche Laurenz-Markt veranstaltet, zu dem Händler und Besucher aus dem ganzen Land anreisten. Jeder kleidete sich für dieses Treffen mit einem Gewand, das seinem Stand entsprach.

»Was soll ich nur anziehen?«, jammerte Myra, denn als Lehrerin trug sie vorwiegend einen Rock und eine Bluse.

»Wir werden eine Lösung finden«, meinte Rimona, während sie ihre Tochter von oben bis unten musterte.

»In der Stadt gibt es ein Geschäft mit einer großen Auswahl an Kleidung und Zubehör.«

Am nächsten Tag liefen sie zum benachbarten Schwarzrindhof. Der Besitzer wollte beide mit dem Pferdewagen mitnehmen. »Dafür erhält er fünf Obstler gratis«, Rimona klopfte auf ihre dicke Umhängetasche.

In der Stadt herrschte ein reges Treiben. Myra blieb an den Auslagen der Geschäfte stehen. Besonders gefielen ihr die bestickten Taschen und Schnallenschuhe. Doch ihre Mutter zog sie in eine Seitengasse. Vor einem schmalen dreistöckigen Haus blieb Rimona stehen. Als Myra das mit Stoffen geschmückte Schaufenster betrachten wollte, öffnete sich die Tür und sie wurde ins Innere geschoben.

Im Erdgeschoß lagen in Regalen zahlreiche Stoffballen. Die Verkäuferinnen flatterten um die Kundinnen wie Schmetterlinge. Eine grüngewandete Person mit einem Kopfputz, der einem Papagei ähnelte, flog förmlich auf die Neuankömmlinge zu und fragte nach ihren Wünschen. Die junge Frau war fasziniert von dem Treiben, dass sie die Antwort ihrer Mutter nicht hörte. Ein Schubs beförderte Myra in die Gegenwart zurück und sie folgte der Verkäuferin ins erste Stockwerk.

Vor ihr erstreckte sich ein Raum, an dessen Wänden hohe Spiegel standen. Das Licht der Fenster und eines Kristallleuchters erweckte die Illusion eines Saales, in dem zierliche Stühle und schmale Schränke angeordnet waren. Rimona wisperte der Grüngewandeten etwas zu und diese hastete in einen Nebenraum. Myra betrachtete verschiedene Gewänder, manche aus festem Tuch, andere aus feinem Stoff gefertigt.

»Probieren Sie dieses an.«

Die Verkäuferin reichte ihr ein Gebilde aus weißer Seide, das im Schein der Lichter in roten, blauen und grünen Farben schimmerte, und ein paar Flügel. Myra probierte es an, es saß wie angegossen. Sie blickte in den Spiegel und sah sich als junges Mädchen beim Elfenfest und hinter ihr stand die Fee Rimona in einem dunkelblauen Gewand. Das Bild verschwand. Stattdessen sah sie sich, die Grüngewandete und ihre Mutter, die zärtlich über das Kleid strich und flüsterte: »Liebes, dazu brauchst du keine Flügel. Jeder wird dich als Elfenfrau erkennen.«

Nach drei Tagen war es so weit. Vor dem Haus hielt eine Kutsche, gezogen von zwei Schimmeln. Das Verdeck war heruntergeklappt und Rimona und Myra nahmen Platz. Sie fuhren zum Schlosspark des Grafen, wo die Veranstaltung stattfinden sollte.

Am Eingang begrüßten sie zwei Lakaien. Ein kleines Mädchen in einem Dirndlkleid führte sie zu einem Springbrunnen. Es waren bereits viele Gäste anwesend, die sich unterhielten oder die Wasserspiele betrachteten. Steinerne Nymphen hielten Amphoren in den Händen, aus denen sich Wasser in ein Bassin ergoss. Ein Diener bot Obstsäfte und Champagner an.

»Rimona, wie schön, dich zu sehen«, rief jemand.

Myra drehte sich um. Eine Frau in einem schwarzen Frack steuerte auf sie zu. Ihr watschelnder Gang erinnerte an einen Pinguin.

»Sie leitet den hiesigen Gesangsverein«, flüsterte Mutter noch hastig, bevor sie stürmisch umarmt wurde.

»Wen hast du mitgebracht? Ist das etwa dein Töchterlein?«

Der Pinguin drückte Myra fest an ihren Busen und schmatzte einen Kuss auf ihre Wange.

»Wie gefällt es euch? Nachher gibt unser Chor eine Vorstellung ...«

Da Myra an der weiteren Unterhaltung nicht interessiert war, spazierte sie durch den Park und kam zuletzt in einen Heckengarten. In den umschlossenen Plätzen stand entweder eine Figur oder eine

60

Sitzbank. In einem größeren Bereich führte ein Weg um einen Rasenplatz.

Der jüngste Sohn des Grafen, er mochte etwa achtzehn Jahre alt sein, kam ihr entgegen. Sein bleiches Gesicht war von weißblonden Haaren eingerahmt, der linke Ärmel seines weißen Anzugs hatte die Form eines Schwanenflügels. Er schien wie im Traum zu wandeln. Eine schöne Dame begleitete ihn. Ihr Kleid war mit funkelnden Sternen bestickt und glitzerte bei jeder Bewegung. Sie redete hastig auf ihn ein, doch er beachtete sie nicht.

Myra setzte sich auf eine Bank, um die beiden besser beobachten zu können. Sie gingen an ihr vorbei und verschwanden um eine Ecke. Rasch erhob sich Myra, um ihnen zu folgen. Als sie um die Ecke bog, breitete sich vor ihr ein kleiner See aus, auf dem zwei Schwäne schwammen. Der Grafensohn und seine Begleiterin waren nirgends zu sehen.

In Gedanken vertieft schlenderte sie zum Schloss zurück, wo der Chor gerade *Ännchen von Tharau* sang.

»Wo warst du denn?«, hörte sie die Stimme ihrer Mutter. »Es hat eine Verzögerung im Programmablauf gegeben. Der jüngste Sohn des Grafen ist verschwunden.«

»Aber ich habe ihn vorhin …«, verwirrt schwieg Myra.

»Was hast du?« Rimona schaute ihre Tochter verwundert an.

»Ach nichts.«

Während des Festes wollte keine Stimmung aufkommen. Die Gäste erkundigten sich ständig, ob der Jüngling wieder aufgetaucht war. Den Grafen sah man nicht mehr, er hatte Suchtrupps organisiert, welche die nähere Umgebung durchsuchten. Nach dem Feuerwerk fuhren die meisten Besucher nach Hause. Zwei Tage später waren Myras Ferien zu Ende und sie reiste in die Großstadt im Norden zurück. Ihre Tätigkeit als Lehrerin ließ ihr keine Zeit zum Grübeln. Bald vergaß sie den Vorfall.

Zwei Jahre vergingen, bis sie ihre Mutter abermals während der Zeit des Laurenz-Marktes besuchte. Da fiel ihr die Begebenheit erneut ein.

»Was ist eigentlich aus dem Grafensohn geworden?«

»Er ist nicht mehr aufgetaucht. Letztes Jahr ist auch der zweite Sohn verschwunden. Aber das Schlossgartenfest soll heuer trotzdem stattfinden.«

Rimona hatte Myras Kleid gereinigt und mit einem hellblauen Schal dekoriert. Am Nachmittag wurden sie wieder von einer Kutsche abgeholt. Im Park hatten sich schon viele Gäste versammelt und warteten auf die Ankunft des Grafen. Der Chor sang bei seinem Eintreffen *Am Brunnen vor dem Tore*.

Die Mutter unterhielt sich mit zwei Freundinnen und Myra machte einen Spaziergang durch den Heckengarten. Als sie zum See kam, zogen dort vier Schwäne ihre Kreise. Sie setzte sich auf eine Bank und beobachtete die Tiere. Wahrscheinlich war sie kurz eingenickt, denn neben ihr räusperte sich jemand. Es war Lorenz, der älteste Sohn des Grafen. »Entschuldigung, habe ich Sie geweckt?«

Verlegen suchte Myra nach einer Antwort und entdeckte plötzlich zwei junge Männer, die auf die Bank zukamen. Es waren die verschwundenen Grafensöhne. Hinter ihnen gingen drei bildschöne Damen.

»Sind Ihre Brüder wieder aufgetaucht?«, fragte sie erstaunt.

Lorenz schaute sie verwundert an: »Nein. Warum fragen Sie?«

Myra deutete auf die Ankömmlinge: »Da kommen sie gerade.«

Ihr Nachbar schüttelte den Kopf. »Sie irren sich, hier ist niemand außer uns beiden.«

»Wir sind gekommen, um unseren Bruder zu holen«, hörte Myra den jüngsten Sohn sprechen. Die drei Frauen umringten Lorenz und eine Dame streckte ihre Hand aus, um seinen Arm zu ergreifen. Im selben Augenblick stand Myra auf, stellte sich vor den Jüngling und befahl: »Weiche hinweg, wage es nicht, diesen Mann zu berühren. Sonst wirst du es bereuen.«

Die Frau schaute sie bestürzt an, wich zurück und löste sich in einem Nebel auf. Ebenso verschwanden ihre Begleiter. Auf dem See zogen fünf Schwäne ihre Kreise.

»Was haben Sie gemacht?«, rief der Grafensohn verwundert. Im selben Moment bückte er sich und hob ein Taschentuch auf.

»Das gehörte meinem jüngsten Bruder. Er muss hier gewesen sein.«

»Auch wenn es seltsam klingt, aber Ihre Brüder wurden in Schwäne verwandelt«, erwiderte Myra und deutete auf den See. »Ihnen war das gleiche Schicksal zugedacht. Eine Fee wollte Sie gerade verzaubern. Fast hätten Sie ebenfalls die Gestalt eines Schwanes angenommen.«

»Woher wissen Sie das?«, Lorenz schaute sie überrascht an.

»Ich weiß es, denn ich habe Ihren jüngsten Bruder vor zwei Jahren hier im Garten gesehen. Eine der Damen, die vorhin zu uns kamen, hatte ihn weggeführt. Vielleicht gibt es ein Mittel, Ihre Brüder zu erlösen. Im Moment kenne ich es nicht. Kommen Sie, Ihr Vater wartet.«

Myra und Lorenz gingen zu den anderen Gästen. Die Kapelle spielte zum Tanz auf, und sie tanzten bis zum Morgengrauen.

VERGEBLICHE LIEBESMÜH

Einst erblickte der Göttervater Zeus eine bildschöne Jungfrau vor einem Tempel. Es war Metis, die Tochter des Königs Kimon, die soeben die Opferhalle verlassen hatte. Sie erweckte in Zeus eine heftige Begierde. In Gestalt eines Hirten trat er auf die Jungfrau zu. Er pries ihre Schönheit und bat sie mit feurigen Worten, mit ihm zu gehen. Das Mädchen erschrak. »Fremder, ich muss zurück nach Hause. Dort wartet mein Bruder auf mich.«

»Dann begleite ich dich.«

Der Hirte gesellte sich zu ihr. Sie kamen zu einem großen Feld, wo viele Pferde weideten. Storgius, ihr jüngster Bruder, wartete bereits auf Metis.

»Wo bleibst du so lange! Wir haben Herakles versprochen, dass wir ihm sieben Pferde bringen. Er jagt die Kerynitische Hirschkuh und braucht unsere schnellen Hengste. – Wer ist der Fremde?«

Zeus, der Hirte, trat vor: »Ich bin Dimos und habe deiner Schwester auf dem Weg zu dir meinen Schutz angeboten.«

Metis schaute ihn verwundert an und Storgius meinte:

»Na gut, du kannst uns helfen, die Tiere hinzutreiben.«

Kurz darauf ritten die beiden Männer und das Mädchen gen Norden. Zeus hatte nicht mit diesem Auftrag gerechnet. Er wollte ihn so schnell wie möglich erledigen und ließ den Rössern Flügel wachsen. Sie flogen über Berg und Tal zu den Hyperboreern. Doch sie verpassten Herakles, der bereits nach Arkadien unterwegs war. Am Schluss erreichten die Reiter den Helden, als dieser die Hirschkuh mit einem Pfeilschuss lähmte und auf seinen Schultern forttragen wollte.

In der Zwischenzeit vermisste Hera ihren Gatten auf dem Olymp und kundschaftete die Erde aus. Verwundert entdeckte sie Zeus, der an der Seite eines Mädchens ritt.

Na warte, dachte sie, verwandelte sich in eine riesige Hornisse und stürzte sich auf das Hinterteil seines Pferdes. Dieses bäumte sich auf, wieherte und galoppierte in einem solchen Tempo davon, dass Metis und Storgius nur noch einer Staubwolke nachblickten.

»Na, den wären wir los. Lass uns nach Hause reiten.«

Wie überrascht waren sie, als Zeus – der Hirte – sie dort erwartete. Er hatte sich von einer Wolke zu Kimon bringen lassen. Während dieser mit seinem Gast beim Mahle saß, berichtete Zeus stolz über seine Hilfe beim Pferdetransport.

»Sorge dafür, dass unserem Gast ein Zimmer hergerichtet wird«, forderte Kimon seine Tochter auf. Diese war äußerst betrübt darüber. »Was soll ich nur tun? Wie kann ich den Fremden vertreiben?«

»Lass mich überlegen«, meinte Storgius und verschwand. Obwohl er grübelte, kam ihm nichts in den Sinn, wie sie den Fremden zur Abreise bewegen konnten. Hera hatte jedoch alles beobachtet und setzte sich in Gestalt einer Taube auf des Jünglings Schulter.

»Bringe deine Schwester zu den Amazonen. Wende dich an Hippolyta, bei ihr ist sie in Sicherheit«, gurrte sie ihm ins Ohr.

Storgius ließ sich das nicht zweimal sagen. Er eilte zu Metis und trat mit ihr die lange Reise nach Pontos in Kappadokien an.

Mittlerweile hatte sich Zeus zur Ruhe begeben und als alle schliefen, suchte er Metis Gemach auf. Dort erwartete ihn bereits Hera in des Mädchens Gestalt und gemeinsam verbrachten sie eine stürmische Nacht. Am Morgen erhob sich Hera als Erste und bat eine Magd um eine Schüssel mit Wasser. Als Nächstes weckte sie sanft ihren Gatten und deutete auf das Becken. Als Zeus hineinblickte, starrten ihn kleine stechende Augen an. Der kurze spitze Schnabel öffnete sich und auf dem Kopf schwoll ein roter Kamm bedrohlich an. Ein Hahnenkopf saß auf seinem athletischen Körper. Zeus drehte sich um, das Bett war leer. Verwirrt verschwand er im Götterhimmel, wo ihn seine lächelnde Gattin erwartete.

Wie erstaunt waren dagegen Kimon und seine Diener, als sie das Gästezimmer und Metis Zimmer leer vorfanden. Die Wasserschüssel war unberührt und die Magd zu verwirrt, um eine Antwort zu geben.

DIE VERWANDLUNG

Während meiner Reise durch den Südwesten von Afrika ist mir etwas Merkwürdiges passiert.

Wir übernachteten in einer Lodge am Rande der Kalahari Wüste. Es war heiß und ich wälzte mich auf dem Bett hin und her. Draußen schrie ein Schakal. Plötzlich hatte ich das Gefühl, als wenn mich eine Wolke aufnehmen würde, und ich verlor das Bewusstsein.

Als ich zu mir kam, konnte ich mich kaum bewegen. Auf und neben mir lagen warme Körper. Sie zuckten, streckten sich und rutschten zur Seite. Eigenartige Laute drangen an mein Ohr. Etwas Haariges klopfte auf mein Gesicht, streifte meine Nase, sodass sie kribbelte.

»Steh auf«, piepste eine Stimme, »die anderen sind schon draußen.«

Ich öffnete die Augen und sah nichts. Nur Dunkelheit. Nach kurzer Zeit erkannte ich meine Umgebung. Wo war ich nur gelandet? Das musste eine Höhle sein. Aber wie kam ich hierher? Und statt in einem Bett lag ich auf dem Erdboden und war mit einem Fell zugedeckt. Vielmehr, das Fell befand sich an meinem Körper. Ich tastete meine Arme ab und erschrak, sie waren ebenfalls behaart. Meine Hände hatten lange Krallen und die Beine schienen auch verändert zu sein. Ein Tier mit einem länglichen Schwanz sprang über mich hinweg.

»Komm schon, die Sonne ist aufgegangen. Mutter steht mit ihren Schwestern am Felsen und sonnt sich.«

Ich drehte mich auf den Bauch und lief den Gang entlang zur Öffnung. Sonnenlicht blendete mich und ich schloss die Augen. Zwei Fellkörper prallten auf meinen Hintern.

»Du versperrst den Eingang, lass uns raus«, schrien sie und zwängten sich an mir vorbei. Ich streckte den Kopf aus dem Loch und kletterte hinaus. Vor mir standen etwa zehn Erdmännchen und schauten geradeaus. Wie auf Kommando drehten sie den Kopf nach rechts. Drei junge Tiere balgten miteinander. Plötzlich ertönte ein schriller Pfiff und alle stürzten auf den Eingang zu. Ich fiel auf die Seite und schaute verdutzt nach oben. Ein riesiger Vogel schwebte über mir und stieß hinab. Ich machte einen Satz und huschte in das Loch zurück. Dabei stieß ich mit einem größeren Genossen zusammen.

»Kannst du nicht aufpassen?«, bellte er. »Ich muss nachsehen, ob die Luft rein ist.«

Er schaute aus dem Eingang und überprüfte die Umgebung. Kurz darauf verließ die Gruppe die Höhle.

Das kann heiter werden, dachte ich bei mir und stellte mich neben zwei Weibchen. Kaum hatte ich mich zu ihnen gesellt, raunzte mich die Ältere an:

»Hier wird nicht gefaulenzt. Mach dich auf Futtersuche.«

»Habt ihr auf etwas bestimmtes Appetit«, wagte ich zu fragen, als eine fette Spinne mit behaarten Beinen vor mir entlangstolzierte. Vor Schreck machte ich einen Satz nach hinten und purzelte über die Jungtiere, die sich an ihre Mutter herangepirscht hatten. Diese hatte inzwischen die Spinne geschnappt, zerrupft und an die Kinder verteilt.

»Wie kann man nur solch ein leckeres Frühstück vorbeigehen lassen«, hörte ich noch, bevor ich mich kleinlaut auf die Futtersuche machte. Nicht weit entfernt buddelte ein Kamerad wild im Erdreich, sodass ich bald mit Sand bedeckt war. Er hatte einen Skorpion entdeckt und verschlang ihn gierig, jedoch ohne Schwanzende.

Es wurde ein anstrengender Tag. Kaum hatte ich mich auf ein Vögelchen gestürzt, das aus dem großen Nest der Weberkolonie gefallen war, rief mich das Pfeifen des Wächters in unsere Höhle zurück. Ein anderes Mal warnte ein Schrei vor dem Anflug eines gefährlichen Greifvogels. Alle Erdmännchen ließen ihre fetten Leckerbissen im Stich und flitzten in den sicheren Bau.

Als wir ein paar Minuten später aus dem Erdloch spähten, war der Greifvogel verschwunden, aber auch unsere mühsam erbeutete Mahlzeit. Ein hinterlistiger Singvogel hatte uns einen Streich gespielt und den Ruf unseres Wächters nachgeahmt.

Allerdings währte die Ruhe nur kurz. Ein fremdes Erdmännchen drang in unser Revier ein. Die gesamte Mannschaft versammelte sich zur Verteidigung, lief mit aufgestelltem Schwanz zu dem Eindringling und verscheuchte ihn aus dem Gebiet.

Endlich wurde das Sonnenlicht sanfter. Wir standen im Schutz eines Felsens und schauten in die Wüstenlandschaft hinaus. Zwei Erdmännchen suchten ihr Fell gegenseitig nach Ungeziefer ab und verspeisten sofort den kleinen Nachtisch. Ein anderer Kamerad blinzelte und langsam fielen ihm die Augen zu. Er schwankte, der Kopf sank auf die Seite. Ruckartig riss er ihn wieder hoch und öffnete die Augen. Gleich darauf stand er abermals stramm. Das wiederholte sich zweimal, bis sein Körper auf die Vorderpfoten sackte und er schlief.

So ging das Tag für Tag. Jeden Abend betete ich, dass mich jemand aus meinem Erdmännchen-Dasein erlösen möge. Eines Tages hörte ich den Warnruf des Wächters zu spät. Ein Gaukler stürzte sich herab, packte mich mit seinen Krallen und flog davon. Ich zappelte, da ließ er mich los. Und ich fiel und fiel und landete in einem Wasserloch nicht weit weg von unserer Lodge, in meiner menschlichen Gestalt.

DIE GROßE FLUT

In Kirchehrenbach, am Fuß des Walberla in Franken, wohnte Georg, ein gottesfürchtiger Mann, mit seiner Frau Liesel, den drei Söhnen Herbert, Günther und Walter sowie deren Ehefrauen.

Eines Tages sprach Gott zu ihm:

»Die Menschen sind verdorben und voller Frevel. Ihr schmähliches Gebaren, ihre Zerstörungswut und ihre ständige Uneinigkeit haben mich zu der Erkenntnis gebracht, die Menschen zu vernichten und die Erde zu reinigen. Drum baue dir einen Kasten aus Tannenholz mit Kammern drinnen und streiche ihn innen und außen mit Pech an. Er soll eine Größe von dreihundert Ellen Länge, fünfzig Ellen Breite und dreißig Ellen Höhe haben. Ein Fenster gebe hinein, in die Mitte eine Tür sowie drei Böden, einen unten, den anderen in der Mitte, den dritten in der Höhe.

Denn siehe, ich will auf Erden eine Sintflut mit Wasser kommen lassen, um die Bösewichte und alle, die verderbt sind, zu vernichten. Alles, was auf Erden ist, soll ertränkt werden.

Aber mit dir, Georg, will ich einen Bund schließen. Du sollst in die Arche gehen, mitsamt deinem

Weibe, deinen Söhnen und deren Frauen. Außerdem sollst du in den Kasten allerlei Tiere tun, jeweils ein Paar von jeder Art, von dem Vieh, den Vögeln und dem Gewürm auf Erden. Nimm auch Speisen mit dir, damit genug Nahrung für alle da ist.«

Und Georg tat alles, was ihm Gott geheißen. Er holte aus den Tannenwäldern der Umgebung Holz und baute mit seinen Söhnen auf dem Walberla eine Arche. Seine neugierigen Nachbarn wunderten sich über sein Treiben, aber als maulfauler Franke verriet er nichts über seine Aufgabe.

»So ein Affentheater«, schimpften sie.

Die Sicht auf das Walberla war ständig von tief hängenden Wolken versperrt. Niemand bemerkte, was sich oben abspielte. Der Besitzer der fränkischen Bier-Brauerei, Paul Putzbrunner, ärgerte sich besonders über die Heimlichtuerei.

Eines Abends lauerte er dem jüngsten Sohn, Walter, auf:

»Wenn du mir verrätst, was für Geschäften dein Vater nachgeht, beteilige ich dich am Bier-Umsatz.«

Walter schwieg, denn er hatte seinem Vater versprochen, nichts zu verraten. Pauls Stimme wurde drohend: »Ihr seid eingebildet. Ihr passt nicht in unsere Gemeinschaft«, und zornig versetzte Putzbrunner Walter mehrere Faustschläge, sodass dieser zwei Tage das Bett hüten musste.

Kurz darauf brannte Georgs Scheune lichterloh, aber das nahm die Familie nur mit fränkischer Gelassenheit hin. Inzwischen hatten sie den Kasten fertiggestellt. Liesel reinigte mit ihren Schwiegertöchtern die Räume ihrer künftigen Unterkunft. Die Männer zimmerten die nötigsten Einrichtungsgegenstände und füllten Kisten mit Nahrungsmitteln.

Die Wolkenschicht verdichtete sich, die Sonne strahlte nicht mehr und es wurde spürbar kälter. Tagsüber konnten die Menschen ihre Arbeit nur bei Laternenschein verrichten, da es immer dunkler wurde. Eine Finsternis breitete sich von Franken über ganz Bayern und weiter bis in die Nachbarländer aus.

Im Schutz der Dunkelheit holten die Söhne die Tiere aus den Wäldern, von den Feldern und aus dem Zoologischen Garten von Nürnberg. Sie schafften die Fische aus den Gewässern her und brachten sie in den aufgestellten Bottichen in der Arche unter. Die Vögel trieb eine unsichtbare Kraft von weit her bis zum Walberla.

Es begann zu regnen, erst leicht, zuletzt schien es, als würde jemand Wasserkübel auskippen. Die Menschen verkrochen sich in den Häusern und lauschten voll Angst auf das dumpfe Trommeln, das im Wald ertönte. Georg mahnte damit seine Familie, sich zu beeilen. Die letzten Tiere wurden in den Kasten hineinbefördert und die Tür geschlossen.

Im Norden erreichte eine riesige Sturmflut die Nordseeküste. Der Rhein und die Elbe konnten die Wassermengen nicht fassen. Die Flüsse traten über die Ufer. Über den Main, den Main-Donau-Kanal, die Regnitz und sogar über die Wiesent strömte das Wasser weiter und überschwemmte das Land.

Die Ortschaften, selbst das Walberla, versanken in den Fluten. Die Arche wurde hochgehoben und fuhr auf dem Gewässer.

Die Sintflut kam vierzig Tage auf Erden. Alle hohen Berge waren mit Wasser bedeckt, alles, was auf dem Erdboden war, wurde ertränkt. Nur Georg und was mit ihm im Kasten war, blieb übrig.

Eines Tages hörte der Regen auf und die Wasserpegel fielen. Nach sieben Monaten strandete die Arche auf dem Mont Blanc.

Nach weiteren drei Monden ragten die Bergspitzen aus der Wasserfläche hervor. Georg ließ zuerst einen Raben hinausfliegen. Aber der flog nur hin und her.

Hierauf entsandte er im Abstand von sieben Tagen jeweils drei Tauben. Die erste kam zurück, die zweite hatte in ihrem Schnabel ein Ölblatt, die dritte aber kehrte nicht wieder.

Da hob Georg eine Dachluke empor und sah, dass der Kasten auf trockenem Erdboden stand. Das Wasser hatte sich zurückgezogen.

Gott aber sprach: »Gehe aus dem Kasten, du und dein Weib, deine Söhne, ihre Weiber und Kinder, sowie alles Getier, das bei dir ist.«

Georg tat, wie ihm geheißen wurde. Seine Söhne führten die Tiere hinaus und sie verbreiteten sich auf der Erde. Auf einem Altar opferte Georg ein Lamm und Gott segnete die gesamte Familie: »Seid fruchtbar und mehret euch und erfüllet die Erde.«

Und so geschah es, dass von den Alpen aus die Erde erneut besiedelt wurde. Die Nachkommen von Walter zogen wiederum nach Franken und bauten den Ort Kirchehrenbach unterhalb des Walberla wieder auf.

DIE POLONAISE

Erich stand am Wohnzimmerfenster und schaute zum gegenüberliegenden Gasthaus. Die Fenster waren hell erleuchtet. Tanzmusik schallte zu ihm empor. Grimmig beobachtete er die hin- und herschwingenden Schatten und murmelte: »So ein Teufelswerk. In der Hölle werdet ihr eines Tages schmoren.«

Die Gasthaustür öffnete sich und eine Menschenschlange hopste heraus. Männlein und Weiblein, sich an der Schulter haltend, wiegten sich zu den Klängen einer Polonaise. Der Anführer der Schlange, bekleidet mit einem tintenblauen Anzug und einem Zylinder auf dem Kopf, wandte sich zum angrenzenden Wäldchen. Ihm folgten lachende Burschen und Mädchen und schließlich verschluckte die Dunkelheit den Letzten.

Nach einiger Zeit brach die Musik ab. Drei Männer traten vor die Tür, einer hielt eine Geige vor sich. Sie schauten die Straße hinauf, hinunter. Zwei Frauen mit langen weißen Schürzen gesellten sich dazu und gestikulierten. Eine zeigte zum Wald. Ein dicker Mann kam hinzu, auf dem Kopf eine hohe weiße

Mütze, und wischte sich das pausbäckige Gesicht mit einem rot karierten Tuch ab.

Erich öffnete das Fenster und hörte ein Zetern. Verstümmelte Sätze drangen an sein Ohr: »Habt ihr … drüben … tappen … gesehen, wie …«

Eine junge Frau schrie: »Das könnt ihr nicht machen … Stellt euch nicht so zimperlich an … Ihr müsst sie suchen, weit können sie nicht sein.«

Der Mann mit der Geige lächelte, führte mit dem Bogen etliche Kreise in der Luft aus und begann zu spielen. Er verschwand im Wäldchen, das Gefiedel wurde leiser und leiser. Alsdann Stille. Die Töne erklangen erneut, wurden lauter und lauter.

Der Fiedler erschien im Schein einer Straßenlaterne. Hinter ihm liefen Mäuse, in der Schnauze jeweils den Schwanz der vorderen haltend. Anschließend lösten sie sich voneinander, fiepten und verschwanden in alle Richtungen. Zurück blieb eine tintenblaue Kröte mit einem Zylinder auf dem Kopf.

DIE REISE ZUM HORIZONT

In einem Dorf im Vorgebirgsland lebte ein armer Bauer mit seinen acht Kindern. Seine Frau war bei der Geburt des jüngsten Sohnes verstorben. Nachdem die letzte Ernte durch Hagel und Sturm vernichtet worden war, sagte der Vater:

»Was soll nur aus uns werden? Wir haben nicht mehr genug zu essen.«

Gernold, der älteste Sohn, tröstete seinen Vater und sprach: »Lorena und ich könnten eine Lehrstelle suchen. Ich habe gehört, dass am Horizont eine Stadt liegt, in der es Arbeit für alle gibt. Aber vielleicht kommen wir auch im nächsten Dorf unter.«

Die Kinder nahmen Abschied, packten ihr Bündel, steckten etwas Brot ein und verließen am nächsten Morgen ihr Vaterhaus. Sie wanderten über Felder, durch einen Wald, hinter dem ein Dorf lag. Bei den Bauern waren viele Kühe an einer Seuche erkrankt und niemand hatte Arbeit für sie.

Nach drei Tagen erreichten sie eine Schlucht, die durch das Felsengebirge führte. Es war schattig und ein Bach floss neben einem Pfad dahin. Die Geschwister knieten nieder, um sich zu erfrischen.

Als Lorena sich die Hände im klaren Wasser wusch, sah sie am Ufer gegenüber eine anmutige

Frau auf einem Felsen sitzen. Sie trug ein langes weißes Gewand und kämmte sich ihr bis zum Boden fallendes blondes Haar. Dabei sang sie eine liebliche Melodie. Auch Gernold bemerkte das wundersame Geschöpf und war verzaubert von ihr. Es war die Waldnymphe Sorina, die mit ihren sechs Schwestern in diesem Gebiet wohnte.

»Was führt euch hierher?« Das Wesen lächelte die beiden an.

»Wir wollen zur großen Stadt am Horizont. Unser Vater kann uns nicht mehr ernähren. Deshalb suchen wir dort Arbeit.«

»Das ist aber noch weit. Der nächste Hof liegt hinter dem Felsengebirge. Geht diesen Weg weiter bis zum Frühlingssee. Dort könnt ihr rasten. Danach wandert ihr am rechten Ufer entlang bis ans Ende der Schlucht.«

Die Kinder bedankten sich und folgten dem Rat der Nymphe. Das Wasser des Sees glitzerte im Sonnenschein. Viele Fische tummelten sich in ihm. Gernold bastelte sich aus einem Stock und einer Schnur, die er ständig bei sich trug, eine Angel und fing innerhalb kurzer Zeit einige Fische.

Lorena sammelte inzwischen Holz und zündete ein Feuer an. Sodann brieten sie die Fische auf einem Stock und aßen ein Stück Brot dazu. Die Sonne verschwand bald hinter den Felsen, und sie bereiteten sich unter einer kleinen Birke ein Lager aus Moos und Blättern.

Doch obwohl die Geschwister müde waren, konnten sie nicht einschlafen. Ungewohnte Geräusche ängstigten sie. Der zunehmende Wind schüttelte die Zweige über ihnen, Äste knackten in den Wipfeln der Bäume. Der durchdringende Schrei eines Greifvogels ertönte, eine Eule machte »Uhuh – U-huh«, nicht weit entfernt grunzten Wildschweine und sogar Wölfe heulten in der Ferne.

Kurze Zeit war es ruhig, da sahen sie eine dunkle Gestalt, die langsam auf sie zukam. Der Mond erschien zwischen den Wolken und warf sein fahles Licht auf eine vermummte Person. Sie trug einen Schlapphut, der gerade den grinsenden Mund frei ließ. Eine heisere Stimme krächzte: »Ich bin der Wächter des Waldes. Kommt mit mir.«

Der Mann näherte sich und streckte die klauenartigen Finger aus. Lorena klammerte sich an ihren Bruder. Beide waren wie erstarrt vor Angst. Plötzlich erschien ein Licht hinter dem Wächter. Die Waldnymphe Sorina stand da mit ausgebreiteten Armen. Ihr weißes Gewand leuchtete wie ein Strahlenkranz, in dem die dunkle Gestalt verschwand.

Erleichtert sanken Gernold und Lorena auf ihr Lager und es dauerte nicht lange, da fielen sie in einen traumlosen Schlaf.

Im Morgengrauen erwachten sie, stärkten sich mit Brot und setzten ihre Wanderung fort. Sie liefen durch einen Birkenwald, wo die Vögel um die Wette zwitscherten. Als die Geschwister das Ende der Schlucht erreichten, breitete sich vor ihnen eine Ebene aus. Am Horizont sahen sie die blassen Umrisse eines Gebirges. Über den Bergen leuchtete ein Silberstreif.

Nicht weit entfernt standen drei Häuser umgeben von Kastanienbäumen. Sie gingen darauf zu. Ein Mann trat aus dem Hauptgebäude und begrüßte sie freundlich.

»Ihr seht hungrig aus. Setzt euch. Ich lade euch zum Essen ein.« Er deutete auf einen gedeckten Tisch und eine Bank.

Ein Knecht brachte Teller und Becher, Lorena und Gernold nahmen Platz und langten kräftig zu.

»Woher kommt ihr und wohin führt euer Weg?«

»Wir suchen einen Broterwerb. Am Horizont soll die Stadt mit den silbernen Dächern liegen?«, Gernold zeigte in die Richtung, wo sie den Silberstreif gesehen hatten. »Vielleicht könnten wir dort arbeiten?«

Branko, so hieß der Hofbesitzer und Gutsherr, kratzte sich am Kopf.

»Ich weiß nicht. Die Stadt liegt einige Tagesreisen von hier entfernt. Der König dort soll sehr grausam sein. Sucht euch lieber woanders Arbeit.«

Er grübelte. »Ich reise zum Landvogt, muss ihm über die Erträge der Getreideernten Bericht erstatten. Unweit seiner Burg lebt ein Müller, der Gesellen sucht. Ihr könnt mit mir kommen. Brot und ein Stück vom Braten lass ich euch einpacken.«

Branko stand auf und wies den Burschen an, sein Pferd zu satteln. Der Proviant wurde in den Taschen verstaut. Der Hofbesitzer und die Geschwister setzten sich auf das stämmige Ross und der Hengst trabte los. Sie ritten über Felder und an Dörfern vorbei. Plötzlich wieherte das Pferd, bäumte sich auf und hielt vor einem Abgrund, der sich vor ihnen auftat.

»Hier befand sich einst eine Brücke«, erklärte Branko. »Der Bauer Griesam ist mit dem Landvogt verfeindet und bringt jeden neuen Steg zum Einsturz. Manch ein Reisender ist schon in die Tiefe gestürzt. Es dauert viele Tage, bis die Bauarbeiter die Brücke erneuert haben. Danach sägt Griesam wieder die Balken an und das Spiel wiederholt sich.«

Der Gutsherr sprang vom Hengst herunter, nahm die Zügel und führte das Tier auf einem schmalen Pfad nach unten. Es war beschwerlich, Steine lösten sich und das Pferd rutschte öfter aus. Lorena und Gernold folgten und hielten sich an den Ästen der Sträucher fest, die in der Felswand wuchsen.

Nach längerer Zeit kamen sie unten in der Schlucht an. Eine fremdartige Landschaft tat sich vor ihnen auf. Riesige Farne wuchsen überall und Bäume mit schlangenähnlichen Ästen versperrten mit ihrem Blätterdach den Blick nach oben. In dem dämmrigen Licht fanden sie sich kaum zurecht. Ein Bach plätscherte dahin, die Luft war feucht und stickig. Aus der Erde stieg Dampf auf und Nebel hüllte die Gefährten ein. Das Ross scheute und weigerte sich, weiterzugehen.

»Ihr braucht keine Angst zu haben«, beruhigte Branko die Kinder, »mein Pferd findet den richtigen Weg. Setzt euch auf den Stein da drüben. Ich will sehen, in welche Richtung wir gehen müssen.«

Er hielt die Zügel fest, kraulte dem Tier über die Stirn und flüsterte ihm etwas ins Ohr. Im Nebel tauchten zwei Lichter auf, die umherzuirren schienen. Die Geschwister setzten sich, aber kurz darauf bewegte sich der Stein. Ein dicker Gürtel presste sich um ihre Körper. Sie wurden hochgehoben, auf die Seite geschleudert und landeten auf einem rauen Plateau, das schaukelte.

»Branko«, riefen sie verzweifelt und versuchten, sich an den unregelmäßigen Vorsprüngen festzuhalten. Baumwipfel klatschten ihnen entgegen, Zweige flogen durch die Luft und ein gewaltiges Brausen hüllte sie ein. Ihr Begleiter war nicht mehr zu sehen. Als sie den oberen Rand der Schlucht erreicht hatten, nahmen sie wahr, dass sie auf einem Drachen saßen.

Er erhob sich in die Lüfte und flog dem Horizont entgegen. Die Sonne stand tief. Vor ihnen lag das Herbstgebirge, wo sich die Stadt mit den silbernen Dächern befinden sollte. Davor breitete sich hügeliges Land aus, auf dem Häuser und eine Windmühle standen.

Der Drache setzte zur Landung an und sauste bäuchlings auf die Mühle zu. Lorena und Gernold schrien vor Schreck auf, doch die Schwanzspitze legte sich um drei Bäume und bremste das Weiterrutschen ab.

Kaum hatten sich die Geschwister beruhigt, da stürmte ein glatzköpfiger dicker Mann aus dem Gebäude. Atemlos stellte er sich vor den Drachen und rief: »Jaron, wie oft habe ich dir gesagt, du sollst eher abbremsen. Jetzt hast du meinen Esel zermalmt, der Wagen ist kaputt und die Mehlsäcke sind verstreut. O Gott ...«

Jaron hob seinen langen Hals, blies eine Feuersäule aus seinen Nüstern und räusperte sich: »Sei ruhig, Müller, ich habe dir zwei Kinder mitgebracht.«

Er wendete den Kopf und forderte sie auf, hinabzuklettern. Gernold und Lorena ließen sich sofort aus ihrer luftigen Höhe herab. Sie umarmten einander vor Glück, dass sie wohlbehalten auf der Erde gelandet waren.

Der Müller hatte sich inzwischen beruhigt und rief den Kindern zu: »Ihr könnt euch gleich nützlich machen. Hebt die Mehlsäcke auf. Den Wagen hinter der Mühle könnt ihr beladen. Und du, Jaron, fliegst zur großen Stadt. Ich habe gehört, dass der König sich beschwert hat, weil seine Öfen kaum noch brennen.«

Daraufhin breitete der Drache seine mächtigen Flügel aus. Der Müller, Lorena und Gernold wichen zur Seite und sahen zu, wie Jaron sich auf die Füße stellte, die Schwanzspitze von den Bäumen löste und sich in die Luft erhob. Er blies Rauch aus der Nase und brüllte: »Auf Wiedersehen. Ich komme bald zurück.«

Hiernach verschwand er in der Dämmerung.

Nach einer Woche kehrte Jaron zurück. »Der König will in der Stadt einen Garten anlegen. Dafür braucht er Arbeiter. Habt ihr Lust? Dann nehme ich euch mit.«

»Ja, gern«, riefen die Kinder, packten ihre Habseligkeiten und verabschiedeten sich vom Müller. Der entließ sie äußerst betrübt, da sie ihm fleißig geholfen hatten. Sie erhielten als Lohn ein Säckchen Mehl, stiegen auf den Drachen und flogen zum Horizont. Als Jaron die Stadt erreicht hatte, kreiste er einmal über ihr. Die Geschwister sahen ein prächtiges Schloss mit Türmen und goldenen Zinnen, größere Gebäude mit silbernen Dächern und kleinere Häuser mit Kupferdächern. Eine Stadtmauer umgab die Stadt.

»Ich setze euch auf der Wiese drüben ab. Am besten geht ihr zu den Hütten, die dort stehen. Da wohnen die Arbeiter. Meldet euch beim Aufseher und sagt ihm, dass ihr Freunde von mir seid.«

Die Kinder taten, wie ihnen geheißen, und wurden freundlich aufgenommen. Sie erhielten Essen und ein Lager für die Nacht.

Am nächsten Morgen gingen sie mit einer Gruppe von Männern und Frauen in die Stadt. Lorena und Gernold bewunderten die sauberen Straßen und die vornehm gekleideten Bewohner, die allerdings seltsam aussahen. Sie hatten große gewölbte Nasen, die fast bis zum Mund reichten. Bei den Männern zierte ein Spitzbart den Unterkiefer, während bei den Frauen ein goldener Reif den Hals schmückte. Die meisten Leute schritten langsam daher oder ließen sich in einer Sänfte tragen.

Die Arbeiter wurden zu einem ausgedehnten Gebiet gebracht, in dem bereits die Flächen abgesteckt waren. Der Boden musste noch umgegraben werden. Die Kinder erhielten Schaufeln.

»Hier«, verkündete der Aufseher, »macht euch an die Arbeit. Mittags bekommt ihr eine Schüssel Suppe und hinterher geht es weiter, bis es dunkel wird. Der Garten muss bis zum Geburtstag des Königs fertig werden. Wenn ihr das nicht schafft, kommt ihr ins Felsenlabyrinth.«

Und schon wurden die Geschwister zu einem Platz gestoßen, der so groß wie ihr Acker zu Hause war.

»Wie sollen wir das schaffen!«, jammerte Gernold, doch ein Arbeiter neben ihm zischte. »Klagen hilft nicht, beeilt euch lieber. Aus dem Felsenlabyrinth ist bisher niemand zurückgekommen.«

Abends fielen beide erschöpft auf ihr Lager und schliefen sofort ein. Im Traum erschien ihnen Sorina: »Habt keine Angst. Der Garten wird rechtzeitig fertig sein.«

Am nächsten Tag waren die Beete bereit zum Einpflanzen. Der Aufseher teilte Körbe mit niedrigen Sträuchern, Zwiebeln und Samen aus.

»Steht nicht so untätig herum. Am Geburtstag des Königs sollen die Blumen blühen.«

Lorena schaute fassungslos und wollte etwas erwidern. Im selben Moment stieß eine Frau sie in die Seite und flüsterte: »Hat keinen Zweck, in sieben Tagen muss alles fertig sein.«

In der folgenden Nacht erschien Sorina wiederum den Kindern im Traum: »Sät diese Samenkörner aus.«

Morgens hielten die Geschwister zwei kleine Beutel in ihren Händen. Den ganzen Tag setzten sie Saatgut in die Erde und am folgenden Morgen blühte es im Garten. Über Nacht gaben sich Nelken, Malven, Fingerhut und Veilchen ein Stelldichein. Wicken rankten an Gittern empor und die Rosensträucher waren voller Knospen.

Der Aufseher verteilte wiederum neue Aufgaben: »Die Obstbäume müssen gepflanzt werden. Der König soll an seinem Geburtstag Äpfel, Birnen und Kirschen essen.«

Während die kräftigsten Männer Pflanzlöcher gruben und kleine Bäume hineinsetzten, pflanzten die Frauen Sträucher. Flieder, Hibiskus, Rhododendren und viele andere sollten den König erfreuen. Die Kinder vergruben die restlichen größeren Samenkörner in der Erde. Die nächste Zeit verging wie im Fluge mit Bauarbeiten, denn Hecken, Springbrunnen, Lauben mussten noch geschaffen und Bänke aufgestellt werden.

Am siebten Tag gingen Gernold und Lorena mit den anderen Leuten zum Garten. Er war herrlich anzuschauen mit den blühenden Sträuchern und Bäumen. Vögel zwitscherten und Bienen umschwärmten die Blumen. Aus den größeren Samenkörnern der Kinder waren Apfelbäume gewachsen, wobei einer nur sieben Äpfel trug.

Die Stadtbewohner waren ebenfalls erschienen und warteten auf den König. Aber er kam nicht. Stattdessen verkündete ein Herold: »Der König ist schwer erkrankt. Wer ihn gesund macht, erhält eine Belohnung.«

Fünf Ärzte machten sich auf den Weg zum Schloss, um ihre Heilkunst anzupreisen. Die anderen Einwohner gingen nach Hause und die Arbeiter zurück in ihr Lager. Da setzte sich eine Amsel auf Lorenas Schulter und flötete: »Pflücke einen Apfel vom Siebener Baum und bringe ihn dem König.«

Hernach flog sie fort.

Das Mädchen lief hinter dem Vogel her und blieb verwundert stehen. Auf der Spitze des Baumes mit den sieben Äpfeln saß die Amsel und sang ein Lied. »Einen Apfel pflück, er bringt dir Glück!«

Geschwind kletterte Lorena auf den Baum, pflückte einen Apfel und rannte zum Schloss.

»Lasst mich zum König«, bat sie die Wache, die ihr den Eintritt verwehrte. Als ihr weiteres Bitten nichts nützte, setzte sich das Mädchen auf den Boden.

»Scher dich fort, Kleine«, lachten die Männer. Da fielen plötzlich Kugeln auf sie herab. Jaron kreiste über dem Schloss und rief: »Lasst sofort die Jungfer zum König, sonst könnt ihr ein feuriges Wunder erleben.«

Die Wachen gaben den Weg frei. Lorena ging ins Schloss und wurde zum König gebracht. Sie reichte ihm den Apfel.

»Dies ist eine Frucht aus Eurem Garten. Esst ihn und Ihr werdet gesund.«

Der König schaute das Mädchen an, aß den Apfel und fühlte sich sofort besser. Er stand auf und verlangte, dass Lorena ihm den Garten zeigen sollte. Als er ihn bewundert hatte, lud er die Kinder ein, mit ihm seinen Geburtstag zu feiern. »Wollt ihr bei mir auf dem Schloss wohnen? Ich erfülle euch jegliche Wünsche.«

Doch Lorena sagte: »Wir möchten zu unserem Vater.«

So gab der König ihnen zur Belohnung drei Säcke mit Golddukaten und Jaron brachte die Geschwister in ihre Heimat zurück. Von nun an war der Tisch bei der Familie immer gedeckt und das Glück ein ständiger Gast.

DER GRAF VON SAINT GERMAIN

Ich möchte euch eine seltsame Geschichte erzählen.

Vor längerer Zeit legte ich während einer Reise einen kurzen Aufenthalt in Eckernförde in Norddeutschland ein. Es war am späten Nachmittag, Nebel erschwerte die Sicht, als ich eine Kirche betrat und anschließend den angrenzenden Friedhof besuchte.

Dort betrachtete ich die Grabsteine und las die Namen darauf. Der Weg führte mich zuletzt in einen abgelegenen Winkel. Mein Blick fiel auf einen verwitterten, von Efeuranken bedeckten Grabstein. Ich schob die Blätter beiseite und entzifferte mühsam, denn es dämmerte bereits, die Inschrift: *Graf von Saint Germain und Welldone, 1701-1784.*

In der Nähe stand eine Bank. Ich setzte mich und sinnierte, was ich von dem Grafen gehört hatte. Dabei müssen mir wohl die Augen zugefallen sein. Ein Hüsteln schreckte mich hoch und ich blickte zur Seite. Neben mir saß ein Herr, so um die fünfzig, mit einer weißen Zopfperücke, bekleidet mit einer dunkelbraunen Jacke sowie einer Weste aus feinem Tuch und einem Hemd, dessen Rüschen den Hals und die Hände zierten. Die enge Hose reichte bis unter die Knie, an den Füßen trug er elegante Schuhe mit Absätzen. Mein Nachbar verbeugte sich leicht und muss wohl meinen verwunderten Blick gesehen haben, denn er schaute mich amüsiert an.

»Gestatten Sie, Madame, Graf von Saint Germain, Reisender.«

Seine Worte hatten einen minimalen französischen Akzent. Ich war verwirrt und erwiderte zögernd:

»Amélie Rautenberg, Archäologin.«

In diesem Moment kam eine ältere Frau auf die Bank zu. »Darf ich mich zu Ihnen setzen, mein Rücken schmerzt vom vielen Bücken.«

Ich rutschte zur Seite und wollte mich erneut meinem Gesprächspartner zuwenden, doch er war verschwunden.

Als ich wieder in Berlin war und meine Arbeit es mir erlaubte, einen Nachmittag freizunehmen, suchte ich die Gedenkbibliothek auf. Eine Bibliothekarin half mir bei der Suche nach Büchern und Berichten über den Grafen von Saint Germain. Sie brachte mir etliche Publikationen und stapelte sie auf einem Tisch, wo ich sie in Augenschein nehmen konnte.

In einem Totenregister der Sankt-Nicolai-Kirche las ich:

Am 27. Februar 1784 verstorben und am 2. März begraben, der sich so nennende Graf von Saint Germain und Welldone, weitere Nachrichten sind nicht bekannt geworden, still beigesetzt.

An anderer Stelle erfuhr ich, dass über seine Herkunft viele Vermutungen aufgezeichnet worden waren. Er soll adliger Abstammung gewesen sein, aus einer reichen Familie in Portugal stammen, oder wurde mit dem Haus Rakoczy in Verbindung gebracht. Als Abenteurer zog er durch die Welt, sprach fließend Deutsch, Englisch, Französisch, Italienisch, Spanisch und Portugiesisch. Saint Germain beherrschte die Geschichte mit Kenntnissen der Einzelheiten, war Geigen- und Klaviervirtuose und spielte eigene Kompositionen. In der Malerei war er bewandert und behauptete, im Besitz einer bedeutenden Gemäldesammlung zu sein. Obwohl niemand sie je gesehen hatte.

Ich war so vertieft in meine Lektüre, dass ich nicht hörte, wie mich jemand ansprach. Erst ein Luftzug ließ mich hochschauen. Vor mir stand der vornehm gekleidete Herr vom Friedhof.

»Es tut mir leid, wenn ich die gnädige Frau beim Studieren störe. Sie scheinen Interesse an meinem früheren Leben zu haben. Darf ich Ihnen einiges von mir erzählen?«

Er holte sich einen Stuhl und schlug ein Bein über das andere.

»Was ich über meine Herkunft sagen kann, ist, dass ich mit sieben Jahren in Begleitung eines Gouverneurs durch die Wälder irrte und dass auf meinen Kopf ein Preis ausgesetzt war.«

Vermutlich schaute ich ihn ungläubig an, denn nach einer kurzen Pause fuhr der Graf fort: »Sie staunen, Madame? Ich heiratete in Mexiko, kam dort zu einem großen Vermögen und besuchte viele Länder. In Russland bat mich die Zarin Katharina, ihr bei der Revolution zur Seite zu stehen. Mein Weg führte mich bis nach Indien und unterwegs machte ich mancherlei Entdeckungen. Jetzt will ich Sie nicht weiter stören«, und schon war er verschwunden.

Ich sah mich um. Zwei Tische hinter mir saß ein Besucher, der in einem Folianten las. Ob er den Gast aus dem 18. Jahrhundert ebenfalls gesehen hatte? Vermutlich nicht, denn er hockte vertieft über seinem Wälzer. Wahrscheinlich hatte ich geträumt.

In einem anderen Buch wurde über die Reisen des Grafen berichtet, nach London, Versailles und Den Haag, wo er im Auftrag König Ludwig XV. den Frieden zwischen England und Frankreich im Kolonialkrieg vermitteln sollte.

Er betätigte sich als Wissenschaftler, Politiker, Künstler und Komponist. Meistens reiste er unter anderem Namen. In Holland besuchte er Casanova und forderte diesen zu einem Duell auf. Angeblich hätte der seine Nichten wie Kurtisanen behandelt. Als Casanova seine Pistole ergriff, floh der Graf.

Zwei Tage später wurde bekannt, dass der Gesandte von Frankreich einen Haftbefehl wegen Betrugs gegen den Grafen von Saint Germain erlassen hatte. Doch dieser konnte rechtzeitig das Land verlassen. Vermutlich hatte er von seiner Auslieferung erfahren.

Ein besonderes Geheimnis umgab ihn und konnte nie gelüftet werden. Eine Hofdame der Madame Pompadour stellte ihn folgendermaßen dar:

Als der Graf von Saint Germain angekündigt wurde, betrat ein eleganter Herr, um die fünfzig, den Saal. Zahl-

reiche Personen bestätigten, dass er sich innerhalb von zwanzig Jahren nicht verändert hätte.

Er soll einer Gräfin sein Lebenselixier überlassen haben, das ihre Hofdamen um Jahre verjüngte. Der Prinz von Craon versicherte daraufhin: »Man muss mit diesen Tropfen sehr vorsichtig sein. Herr von Saint Germain bringt uns in Gefahr, wieder zu Kindern zu werden.«

Die Lebensgeschichte des Grafen faszinierte mich derart, dass ich nach zwei Wochen erneut die Bibliothek aufsuchte. Ich hatte mir drei Bücher bestellt, die ich im Lesesaal durchsehen wollte.

Die Korrespondenz des Grafen Cobenzl mit der Kaiserin Theresia las sich wie ein spannender Roman. In Brüssel hatte Saint Germain den Grafen getroffen und von seinen Geheimnissen geplaudert. Er kenne ein billiges Herstellungsverfahren für Farben, das Gerben und Färben von Fellen und die Erzeugung eines goldähnlichen Metalls. Für den Bau einer Fabrik kassierte er einen Vorschuss von zweihunderttausend Gulden und verschwand.

Durch ein Hüsteln schreckte ich auf. Der Graf von Saint Germain saß vor meinem Tisch und schaute mich spöttisch an.

»Glauben Sie nicht alles, was über mich geschrieben wurde, Madame. Leider gab es früher nicht diese neumodischen Apparate, mit denen man heute Personen ablichten kann. Aber ich versichere Ihnen, dass ich viele Persönlichkeiten getroffen habe. Mit Cäsar habe ich mich oft über die römische Republik unterhalten und wie man ihr durch eine neue Verfassung ein neuartiges Leben geben könnte. Auch den Apostel Petrus habe ich gut gekannt und ihm freundschaftlich geraten, sein Temperament zu mäßigen. Johannes neigte etwas zum Mystizismus. Er gab mir sogar seine Schriften zum Korrigieren, bevor er sie veröffentlichte.«

»Das entspringt sicher Ihrer Fantasie, verehrter Herr«, wagte ich einzuwenden. »Sie sind sehr bewandert in der Geschichte und können mir viel erzählen.«

»Dann erklären Sie mir bitte, warum ich jetzt mit Ihnen spreche. Ich bin doch vor über zweihundert Jahren gestorben?«

»Nun«, überlegte ich laut, »ich glaube zwar nicht an die Wiedergeburt, aber das wäre eine Möglichkeit. Seltsam ist nur, dass Sie sich in den zweihundert Jahren nicht verändert haben und sogar das gleiche Kostüm wie auf dem Bild tragen.«

Hastig blätterte ich in einem Buch, wo ich eine Abbildung von ihm gesehen hatte.

Der Graf schmunzelte: »Ich halte die Natur in meinen Händen. Wie Gott die Welt geschaffen hat, kann auch ich alles, was ich will, aus dem Nichts hervorzaubern. Nehmen Sie diesen Topas zur Erinnerung, verehrte Madame.«

Mit diesen Worten verschwand Saint Germain so lautlos, wie er gekommen war. Ein haselnussgroßer, bläulich schimmernder Edelstein lag vor mir auf dem Tisch.

Bei meinem letzten Besuch in der Bibliothek las ich einige Anekdoten über den Grafen.

Folgendes Histörchen von Friedrich dem Großen gefiel mir am besten. Nach der Überlieferung seines Kammerhusaren Schöning pflegte er zu erzählen:

»Der bekannte Graf von Saint Germain gab vor, dass er über zweitausend Jahre alt sei und sich unter anderem viel im Gelobten Land aufgehalten habe.

Sie haben also Herrn Jesus Christus gesehen?, frug ihn jemand.

Ich habe ihn sehr wohl gekannt. Man konnte gut mit ihm auskommen. Aber seit der Geschichte mit dem Tempel hatte ich ihn aus den Augen verloren.

Der Fragende wandte sich daraufhin an Saint Germains Bedienten, um zu sehen, ob der auch so gut wie sein Herr lügen konnte: *Ist es wahr, lieber Freund, dass Ihr Herr so alt ist?*

Ach, das kann ich Ihnen nicht sagen, denn ich bin erst seit dreihundert Jahren in seinen Diensten.«

Die Meinungen über Saint Germain waren verschieden. Viele Leute bezeichneten ihn als einen dubiosen Abenteurer, auf dessen Versprechungen sogar einige Fürsten hereingefallen waren.

Andererseits verstand er fesselnd von Ländern zu erzählen, die er bereist hatte. Angeblich war er im Orient und in Indien gewesen.

In den verschiedenen Büchern, die ich durchblätterte, fand ich widersprüchliche Angaben. Tatsache war, dass der Graf nach dem Vorfall in Brüssel nach Russland ging. Seine Bekanntschaft mit der Zarin wurde nirgends erwähnt. Vielmehr hatte er sich als erfolgloser Kaufmann betätigt. Zehn Jahre schien er in Italien gewesen zu sein. Zuletzt tauchte er in Deutschland auf, wo er sich den Namen Welldone zulegte.

Beim Markgrafen von Ansbach stellte er sich als Graf Tzarogy vor und wurde nach Triesdorf eingeladen. Dort logierte er im Schloss und durfte im Laboratorium Versuche mit Gerberei und Färberei durchführen. Der Markgraf fand bald heraus, dass der Graf aus San Germano stammte, einer kleinen Stadt in Savoyen und sein Vater Steuereinnehmer war. Wegen schlechter Verwaltung war er seines Amtes enthoben worden und der Sohn hatte deshalb den Namen seiner Vaterstadt angenommen.

Später hielt sich Saint Germain in Dresden und Leipzig auf. Auch in Berlin war er kurze Zeit gewesen, war jedoch am Hofe Friedrich des Großen nicht willkommen.

Der König äußerte sich bereits ein Jahr vorher ziemlich abfällig über den Grafen: »… wie ich höre, will er nach Petersburg. Wäre der alte Narr gescheit, er wartete in Florenz ruhig den Tod ab, statt sein altes Gerippe am Ufer des Eismeers spazieren zu führen.«

Die letzten Jahre verbrachte Saint Germain in Schleswig. Prinz Karl von Hessen besuchte ihn des Öfteren, auch anschließend in Eckernförde. Von seinen interessanten Belehrungen war er äußerst angetan. Ansonsten wurde es still um den Grafen und er starb einsam und verlassen. Von seinen angeblichen Reichtümern war nichts zu finden.

Die Bibliothekarin trat an meinen Tisch.

»Wir schließen in zehn Minuten.«

Ich sammelte die Bücher und meine Notizen ein und nahm mir vor, an meinem nächsten freien Tag wieder her zu kommen. Zwischendurch recherchierte ich im Internet über Saint Germain. Angeblich soll er bei der Beerdigung von Karl von Hessen am 17. August 1836 als Trauergast erschienen sein, der in seiner altmodischen Kleidung hinter dem Sarg her schritt.

Das Geheimnis des Grafen, das ihn bis heute umgibt, konnte ich nicht lüften. Mir blieb nur die Erinnerung an seine Besuche auf dem Friedhof und in der Bibliothek. Und sein Topas? Der Stein hatte nach einiger Zeit eine schwarze Farbe angenommen.

LITERATURVERZEICHNIS

Johannisnacht auf der Alhambra

Die Alhambra, Erzählungen von Washington Irving, L. Dominguez, S. A.

Der Jadedrachen und das Mädchen

Das Geschenk des Drachenkönigs, Märchen aus China, Josef Guter (Hrsg.), Köln

Der zufriedene Jakob, Wie es weiter ging mit Schneewittchen

Grimms Märchen, Düsseldorf 1954

Der Baumeister und das Krokodil

Märchen und Erzählungen der Alten Ägypter, Karlheinz Schüssler, Bergisch Gladbach 1980

Ungewöhnliche Reise in Neuseeland

Der kleine Hobbit, J.R.R. Tolkien, München 2012

Myra und die Schwäne

Schwanenmärchen, Klaus Bertisch (Hrsg.), Frankfurt am Main, 1987

Vergebliche Liebesmüh

Die schönsten Sagen des klassischen Altertums, Gustav Schwab Kurt Eigl, München – Wien 1955

Die große Flut

Die Heilige Schrift, übersetzt von D. Martin Luther, Berlin 1928

Der Graf von Saint Germain

Der Graf von Saint Germain – das Leben eines Alchemisten nach großenteils unveröffentlichten Urkunden, Gustav Berthold Volz (Hrsg.), Dresden 1923